Das Spiel der Liebe - Le jeu de l'amour

Es ist die Liebe, die den Menschen zum Menschen macht, welche die Menschen miteinander verbindet. Die Liebe der Mutter zu ihrem Kind, die Liebe zwischen zwei Individuen. Das Gefühl der Liebe berauscht uns oder lässt uns verzweifeln. Die Liebe ist der Grundstein menschlichen Lebens. Und die Liebe ist ein Spiel, ein Schauspiel des Lebens, das nach der Klaviatur der Natur vollführt wird.

Gefühle sind ein wesentlicher Bestandteil des menschlichen Lebens und des individuellen Handelns. Die Liebe ist wohl die stärkste aller menschlichen Emotionen und die wichtigste in unserem vielseitigen Zusammenleben. Der Autor macht sich Gedanken, wie die Gefühle unser Handeln beeinflussen, wie insbesondere die Liebe unser Verhalten steuert und wie die Natur somit das Fortleben sicherstellt.

Ernst Ludwig Becker, geb. 1957, studierte Biologe in Marburg, Darmstadt und in den USA. Er arbeitete in verschiedenen Berufsfeldern und engagierte sich in ökologischen Projekten im Ausland. Heute schreibt er Bücher und unterrichtet in Teilzeit an einer Grundschule. Mit den Kindern erforscht er ihre Umwelt und die Natur. Dabei fanden sie auch schon erloschene Reste von Sternschnuppen und waren bei einer der Exkursionen ganz in der Nähe des Nordpols. So nebenbei führt er sie auch behutsam in das digitale Zeitalter ein und stellt fest, dass er da noch viel von ihnen lernen kann.

Ernst Ludwig Becker

Das Spiel der Liebe

Le jeu de l'amour

www.tredition.de

© 2021 Ernst Ludwig Becker

Verlag und Druck: tredition GmbH, Halenreie 40-44, 22359 Hamburg.

ISBN:

Paperback   978-3-347-38882-6
Hardcover   978-3-347-38883-3

Coverbild: Ernst Ludwig Becker

Prolog

Liebe hat viele Facetten der Zuneigung. Die Liebe der Mutter zu ihrem Kind. Die Liebe des Vaters zu seinem Sohn, zu seiner Tochter. Die Liebe der Großeltern zu ihren Enkelkindern. Manche Menschen lieben ihren Beruf oder ein Hobby und gehen völlig in diesen auf. Aber können diese Gefühle so ursprünglich sein, wie die Liebe zwischen zwei Menschen? Mit der Geburt brauchen wir die Liebe der Mutter, brauchen wir die Hingabe der Eltern, die uns in unserer Kindheit begleiten, brauchen wir die Zuwendung und Aufmerksamkeit, die in unserer Jugend das Wohlwollen bestimmen. Hat diese Fürsorge dieselben Ursprünge, speist sie sich aus der gleichen Quelle der Emotionen, wie die Liebe einer Frau zu einem Mann oder die Liebe eines Mannes zu einer Frau? Die Liebe begleitet uns unser ganzes Leben. Mal ist sie unbewusst und geheimnisvoll, mal ist sie schwärmerisch, ungestüm und voller Leidenschaft. Für viele ist die Liebe das Glück des Lebens, der Rausch, der nie verfliegen sollte. Doch einige treibt die Liebe auch in den Wahnsinn, treibt sie zur Verzweiflung und manchmal in den eigenen Tod. Im Namen der Liebe, - Gott und die Gerichte stehen uns bei -, sind wir selbst im Stande zu töten.

Pierre Dernière, ein junger Mann aus der Normandie, durchlebt dieses Spiel der Liebe, das ihm im Garten der Liebe und der Sinne in Gestalt einer jungen Schönheit begegnet. Das Spiel der Liebe, welches ihn in Ekstase und Verzückung versetzt und das ihn am Ende verzweifeln und morden lässt. Ich habe seine Geschichte aufgeschrieben, so gut sie mir in Erinnerung ist. Aber Sie alle kennen dieses Spiel der Leidenschaft, der Intimität. Sie kennen die Schicksale, die Kümmernisse und die herzzerreißenden Dramen. Wir leiden mit ihnen mit, denn wir alle kennen die Natur der Liebe.

Es ist die Intensität der Zuneigung, welche diese Lieben bestimmt. Die Intensität der Zärtlichkeit, der Verbundenheit, der
Leidenschaft. Es ist die Herzenswärme, die Innigkeit oder der
Zauber, der Rausch, der unsere Liebe beflügelt. Es sind die Instinkte, die Triebe, es sind die Gefühle, die uns dirigieren. Es sind
die Hormone, die unsere Liebe bewirken. Es ist alles nur Chemie.

Die Geschichte ist ein Werk der Fiktion. Alle Charakteren sind
frei erfunden. Eine Quelle der Inspiration ist das Werk Goethes,
„Die Leiden des jungen Werther", in welchem Goethe die Welt
der Gefühle schon sehr treffend analysiert und die Auswirkungen
auf das Seelenleben des Menschen beschreibt.

Das Spiel der Liebe

Le jeu de l'amour

Die letzten Weihnachtsfeiertage verbrachten wir nun öfters bei Charlottes Eltern, das heißt bei ihrer Mutter in dem kleinen Fischerdorf an der Normannischen Küste. Charlottes Vater war vor einigen Jahren verstorben. Es ist nur ein kleines Dorf oder Städtchen, das sich hier in einem Einschnitt der Küste vor den im Winter oft harschen Winden des Atlantiks versteckt. Viele der Häuser sind um diese Zeit unbewohnt, da die wohlhabenden Pariser Hausherren die lebhaften Feiertage lieber in ihrer vertrauten Gegend in Paris verbringen. Wenn der Ozean nicht wäre und die Küste mit ihren berühmten Kreidefelsen, könnte man fast von einer Tristesse sprechen, zumal alle Hotels geschlossen sind. Nur wenige Touristen oder Gäste wie wir, schlendern durch die Gassen und an der Strandpromenade entlang, und allein ein verrufenes Bistro und das eine örtliche, nicht sehr große, aber sehr bekannte Restaurant hat am Weihnachts- und Silvesterabend geöffnet. Allerdings ist das feine Nobelrestaurant schon etliche Wochen, wenn nicht sogar Monate, vor den Feiertagen ausgebucht. Aber Charlotte und ich lieben diese Einsamkeit, diese Zurückgezogenheit, der Welt entfremdet zu sein. Wir lieben es am steinigen Strand langsam den weißgebänderten, felsigen Klippen entgegenzugehen, nach ausgefallenen Steinen zu forschen, Strandgut zu untersuchen und die salzige Luft zu atmen. Der Wind gerbt unsere Gesichter und Charlottes lange, noch dunklen Haare, die unter der selbstgestrickten, bunten Wollmütze hervor schauen, wirbeln in den stürmischen Böen. Wenn die Sonne ihre Strahlen kurzzeitig durch die Wolkendecke streckt, erscheint mir Charlotte wie eine feurige, abenteuerlustige Seeräuberbraut in den Sonnenstrahlen. Eine Braut, in die ich mich sofort wieder verlieben könnte. Hugo, der Bernhardiner Rüde meiner Schwiegermutter, begleitet uns bei all den Spaziergängen, auch den steilen Weg hoch auf die Klippen, den er trotz seines Alters noch spielerisch meistert. Größtenteils laufen wir abgeschieden entlang eines schmalen, ausgetretenen Pfades, der von windgepeitschten Büschen beschützt wird, die auf der Felskante hoch oben Fuß gefasst hatten. Durch die Lücken der Büsche erhaschen wir einen Blick auf das graue, aufgewühlte, unendliche Meer, und wie am Ende der Welt komme ich mir manchmal vor, wir ganz allein an der Abbruchkante des Festlandes zum Ozean, an der Abbruchkante des Lebens.

Und wie gut es tut, wie angenehm die menschenleere Stille oder die Ruhe zu genießen, nach all der Geschäftigkeit in der Stadt, nach den turbulenten Vorfeiertagen, an dem alle noch schnell nach einem Weihnachtsgeschenk suchen und die Läden und Fußgängerpassagen bevölkern. Zum Glück für uns, denn unsere Buchhandlung macht in dieser Zeit ihre größten Umsätze. Charlotte und ich besitzen in Wetzlar, einer hessischen Kreisstadt an der Lahn, eine kleine, aber feine Buchhandlung, wie man sagt. Keine einfache Sache in Zeiten der dominanten Buchladenketten und dem Onlinehandel. Aber wir haben es geschafft. Immerhin schon mehr als drei Jahrzehnte leben wir unsere Idee eines selbstbestimmten Lebens, haben unsere Wunschträume verwirklicht und zwei Kinder groß gezogen. Sebastian und Nikola sind jetzt beide selbst erwachsen und Nikola hat schon eine Tochter. Keine einfachen Zeiten, - manchmal, - mit Sicherheit. Dennoch, wenn ich zurückblicke, glückliche Zeiten, Momente, Sekunden, Minuten, Stunden, Tage und Wochen, jede mit Leben erfüllt und bewegt.

Und nun wollen wir uns hier in der Normandie niederlassen! Charlottes betagte Mutter besitzt ein größeres Haus am zentralen Platz, in optimaler Lage. Charlotte möchte das Haus in eine Pension umwandeln, das heißt eigentlich nur die beiden früheren Kinderzimmer im ersten Stock. Aber natürlich soll auch die Küche als gemeinsames Esszimmer und der Salon und das Studierzimmer ihres verstorbenen Vaters so ausgebaut werden, dass wir ein paar Gäste willkommen heißen können. Auf diese Weise müsste es uns gelingen, unsere schmalen Ruhegehälter aufzubessern, und wir können gleichzeitig auf ihre Mutter achtgeben, die zwar noch sehr rüstig ist, aber sich nichts sehnlicher wünscht, als dass ihre Tochter zurück kommt, die Familie mitbringt und das Haus mit Leben füllt. Auch die Feriengäste sollen das Haus beleben, sollen unser Dasein interessanter machen und unsere Lebensgefühle bereichern. Wie oft hatten wir schon selbst in Bed and Breakfast Unterkünften interessante Menschen kennengelernt und langjährige Freundschaften geschlossen.

Ich hatte Charlotte während des Studiums in Marburg kennengelernt. Sie belegte mit mir das Seminar über zeitgenössische Literatur. Wie verloren sie da saß zwischen Roth, Handke und Hermann, Grass und Walser, mit ihrem selbstgestrickten, kuscheligen, viel zu großen Pullover. Sie, die von Goethe gefesselt war, den Faust bewunderte und den jungen Werther anhimmelte. Sie liebte die Romantik, die von Gefühl und Phantasie geleiteten Geschichten und Gedichte. Wenn sie eines der romantischen Gedichte in ihrem französischen Akzent aufsagte, war ich selbst in der Kammer des Amtmannes und unsterblich verliebt. Vielleicht war diese Zuneigung zu ihrer Namensgeberin mit ein Grund in meine Heimatstadt Wetzlar zu kommen, so war sie den Geistern des Werther näher verbunden. Im Gegensatz zum Werther war unsere Liebe frei von allen Widerständen, bis auf die Tatsache, dass ich aus Deutschland kam. Einige der deutschen Bunker aus dem zweiten Weltkrieg waren noch allgegenwärtig an der normannischen Küste und hielten die Ressentiments am Leben. Auch wenn der Zahn der Zeit und die Erosionen so manchen dieser Bunker schon ins Meer versinken ließ, wenn die Touristen aus Deutschland Devisen brachten und der europäische Gedanke bekräftigt wurde, die feindseligen Geschichten hielten sich am Leben. Aber unser Glück und natürlich vor allem Charlottes Herzensfreuden konnten diese Schwierigkeit im Laufe der Zeit mit Leichtigkeit meistern, denn dieses Glück strahlte auch auf Charlottes Eltern und Familie über.

Wie die Liebe doch unser Verhalten und Handeln ändern kann, wie sie Frieden stiften kann, wie die Liebe den einen in den Tod treiben kann und den anderen ins Wolkenkuckucksland.

Es war am letzten Tag des Jahres, als ich mit Hugo am späten Nachmittag noch einmal durch das Wäldchen hinter dem Haus in Richtung Meer und entlang der Promenade ging. Charlotte blieb zuhause und half bei den Vorbereitungen in der Küche. Es wurde schon langsam düster und ich schaute vom Strandweg über die ausgewaschenen Kieselsteine auf den grauen, verhangenen Himmel und das grünlich aufgewühlte Meer, in welchem nur die kurzen Wellen abwechselnde, weiße Schaumkronen erzeugten, die das Grau des Bildes unterbrachen. Mir war melancholisch zu Mute und in Gedanken war ich auf den Umzug, die Renovierungsarbeiten und die kommenden Veränderungen gestimmt, sodass mir der in einem graugrünen, abgenutzten Parka auf der Parkbank sitzende Mann erst auffiel, als dieser sich räusperte und mehrfach gellend hustete. Er hatte die Kapuze weit über den Kopf gezogen und nur ein paar verklebte Haarsträhnen und ein zerzauster Bart waren zu sehen. Ich beobachtete ihn abwartend eine

Weile und empfand Mitleid, denn zu erbärmlich klang der wiederkehrende Husten, zu offensichtlich saß hier ein verarmtes Strandgut unserer Gesellschaft, zu spürbar war der von Alkohol und Kälte gezeichnete, gekrümmte Körper, der sich jetzt dem Wind entgegen kauerte. Ich nahm Hugo an meine Seite und ging die wenigen Schritte hinüber um zu fragen, ob er wohl der Hilfe bedurfte, ich ihm irgendwie helfen konnte? Er schaute mit brennenden, feuchten Augen und einem Lächeln auf Hugo und dann auf mich und fragte, ob ich ihm vielleicht etwas Geld geben könnte. Diese Form der Hilfe ist mir sehr verpönt, sodass ich ihm den Vorschlag machte, mit mir einen Tee oder Kaffee im nahegelegenen, immerhin warmen Bistro zu trinken. Und so lernte ich Pierre kennen. Der mitleiderregende, mittellose Pierre, ein noch relativ junger Mann, mit einer alten Seemannsmütze, dem abgetragenen Mantel, den ausgewaschenen Jeans und den viel zu schweren Stiefeln. Pierre, der mir dann seine Geschichte erzählte, die ich in meinem Gedächtnis verwahrt habe und die ich, sofern mir die Erinnerungen helfen, hier vorlege. Die Geschichte einer Liebe, einer Leidenschaft, eines Dramas, aufgeführt im Garten der Liebe und der Sinne. Pierre, der sich zum Trost einen Schuss Rum für seinen Tee erbat, von welchen er noch weitere trinken würde. Der mir seine Geschichte erzählte und ich die Zeit vergaß, den Tag und den Ort und meine Verabredungen.

Pierres Geschichte

„Mein Vater, Mon Seigneur, mon père, starb an einen Herzinfarkt. Während er auf ihr lag! Auf der Frau! La femme! L`amant, auf der Geliebten! Im Wald! Mit runter gelassener Hose! Imagine ça, stellen Sie sich das vor! La femme a crié, die Frau hatte geschrien und hatte ihre Mühe, den schweren Körper zur Seite zu schieben. La situation s'est aggravée, la situation eskalierte, - und, - und sie rief die Polizei und der Notarzt, le docteur und der Rettungswagen kamen. Das blieb nicht unbeobachtet, nicht unbemerkt. Les habitants, die Bewohner unseres Städtchens waren exaltiert und über Wochen gab es kein anderes Gesprächsthema! Meine Mutter, ma mère, ma Maman, voller Wehmut und Scham, retirée, sie zog sich noch häufiger in ihr Heim zurück, das sie schon vorher immer weniger verlassen hatte. Zu oft war der Vater fremd gegangen, zu oft wurde sie mit Mitleid bedacht oder mit Dumpfheit belächelt. Le jardinier de l'amour nannten ihn die, die ihn kannten anspielend. Den Gärtner der Liebe. Mon Papa, Jaques Dernière, der eine Gärtnerei, une pépinière, einen Garten, un jardin, nur einige Kilometer von hier im Landesinneren besaß."

Wir hatten das Lokal betreten und an einem Tisch am Fenster Platz genommen. Die Jacken hatten wir über die Stuhllehnen aufgehangen und Hugo lag zufrieden neben dem Tisch. Ich hatte für mich ein Glas Rotwein und für Pierre einen schwarzen Tee bestellt, den er mit einem Schuss Rum anreichern ließ. Er war offensichtlich nicht zum ersten Mal in dem Bistro. Die Blicke zum Wirt, sein ganzes Benehmen oder seine Art sich auszubreiten, ließen darauf schließen, dass er sich hier wohl fühlte und die Situation genoss. Ohne Umschweife begann er über seinen Vater zu erzählen, hielt dabei die Hände um das Glas Tee oder gestikulierte mit ihnen vor seinem Gesicht und schaute mir dabei abschätzend in die Augen.

„Pierre, hörst du mir überhaupt zu? Wo bist du wieder mit deinen Gedanken?!"

„Was ist Maman?"

„Ich fahre zur Stadt einkaufen. Hast du noch Wünsche? Fällt dir etwas ein, das wir benötigen?"

„Nein Danke. Ich habe alles was ich brauche."

„Wenn dir etwas einfällt, du kannst mich ja anrufen. D`accord, ich fahr dann mal los. Vergiss nicht die Parzelle für die neue Kompostinsel zu jäten und die neue Außenanlage muss auch vorbereitet werden. Da gibt es noch viel Gestrüpp, das zurückgeschnitten werden muss. Und in der Küche sind noch die Reste von gestern Abend. Bis bald. Salut," sagte Maman.

„Maman hatte keine Ahnung davon, wie oft ich damals an Papa dachte. Die Arbeit im Garten, die Pflege der Beete, das Harken und Säubern der Wege. Ich hatte dann viel Zeit über ihn und seine Eskapaden nachzudenken. Ich war damals sechzehn Jahre alt als Papa starb, das ist jetzt zwanzig Jahre her. Vielleicht hatte ihn die Politik, das Amt zu sehr aufgerieben, mon père war Bürgermeister unseres kleinen Städtchens. Vielleicht waren die Dispute und Dekrete zu bitter, nahm er sich die ein oder andere Entscheidung zu sehr zu Herzen, le coeur. Infarctus du coeur. Voilà, Sie verstehen? Mit der Sprache, mit den Worten sprechen wir aus, was mit unserem Körper oder mit unseren Gefühlen passiert, was Empfindungen in unserem Körper bewirken können. Mon cœur s'ouvre à toi, c'est comme ça."

„Höchstwahrscheinlich waren es die vielen Geschäftsessen, die Treffen mit Antragstellern, mit Bittstellern, mit seinen Parteigenossen, die fast immer mit Wein und Pastis verbunden waren, bei denen immer reichlich getrunken wurde, wie nach den Ratssitzungen. Vielleicht war es auch die Doppelbelastung von Geschäft und Politik oder seine Neigung das Leben voll auszukosten, jede Rose zu pflücken und jede Feier zu begießen. Als er starb, hinterließ er mir ein schweres Erbe und ich begann mir darüber Gedanken zu machen."

„Ich hatte zuvor nicht die leiseste Ahnung von dem, was in Mamans und Papas Leben vorging. Ich hatte meine eigenen Liebesabenteuerträume. Ich war verliebt in Mariann, der Tochter des Metzgers, der Boucherie. Wenn ich sie abends im Laden durch die große Fensterscheibe arbeiten sah, wenn ich sie heimlich beobachtete, wie sie sich freudig engagiert um die Kunden kümmerte und die Waren aus der Auslage holte, wie sie sich vorbeugte, den Kopf nach oben gestreckt, mit einem Lächeln und den strahlenden Augen charmante Worte an die Frau des Lehrers richtete, wenn sich etwas mehr mädchenhafte Haut am Dekolleté zeigte, sich die Schürze und die Bluse leicht zur Seite schoben und nur der Hauch einer Wölbung, nur der leichte Schatten einer tiefergehenden Furche zu erahnen war, explodierten in mir die Glücksgefühle. Dann schwebte ich träumerisch durch die gelblich beleuchteten Gassen, entlang der Alleen und Wege über das Feld zurück zu unserer Gärtnerei. Dann hatte ich nur ihr Gesicht vor Augen, das sich mit dem Licht des Mondes und dem Funkeln der Sternen in eine unbeschreiblich glückliche Illustration, in ein Gemälde verwandelte, welches mich selig schwärmend, weltentrückt in den Schlaf wiegte."

„Mariann war eine Klassenkameradin von mir. Ich habe ihr nie meine Liebe gestanden, aber ich denke schon, dass sie es erahnte. Nein, ich weiß sie wusste es! In den Schulstunden trafen sich oft unsere Blicke und in ihrer Mimik konnte ich meine reflektierten, unverblümt neugierig, verliebten Signale wiedererkennen, die ich ihr unbescholten zusandte. Die Blicke waren ihr extrem peinlich, sie schaute dann trotzig zur Seite oder begann eine ablenkende Konversation mit ihrer Tischnachbarin. Ich wusste es schmeichelte ihr, wie all den anderen Mädchen, denen ich schöne Blicke zugeworfen habe, aber sie war nicht in mich verliebt. Sie hatte einen älteren Freund am Gymnasium, der sie ab und zu mit seinem Moped an unserer Schule abholte. Meine Avancen nahm sie nicht seriös und voller Stolz und mit einem abweisenden Lächeln setzte sie dann den Helm auf und stieg auf das Moped ihres Freundes.

Es gab allerdings eine Episode, eine kleine Affäre, die mir als jugendliches, delikates Abenteuer in befremdender Erinnerung ist."

„Vielleicht dachte ich in dieser Zeit, in diesen bewegten Tagen und Wochen auch öfters an Papa, weil Julie in unser Haus gezogen war. Julie, unsere erste weibliche Mitarbeiterin. Julie aus Paris oder doch aus der Nähe von Paris. Die faszinierende Julie, meine betörende Julie, die fünf Jahre jünger war als ich, die mich verwandelte, mich verzauberte, die eine neue Welt für mich öffnete, ich die Welt mit anderen Augen sah oder nur noch sie sah als strahlender Stern, als das Wunder in unserem Garten."

„Ihre Anwesenheit in unserem Garten der Liebe und der Sinne entfachte einen ganzen Kosmos absonderlicher Gedanken. Zum einen waren da die höchst befremdlichen Erinnerungen, die sich in einen Dschungel verworrener Bilder, Assoziationen und Reflexionen aufbauten. Frivole Gedankengebilde, anstößige, schamlose Obszönitäten, die meinen Vater betrafen, die mich in moralische Zweifel stürzten. So sehr hatte die Geschichte meines Vaters mein eigenes Handeln und Denken beeinflusst. Ich hatte das Gefühl oder hatte die Gedanken, ich, der Sohn, müsste seine Verantwortung tragen, müsste mich für sein Verhalten und seine Fehltritte entschuldigen. Es war ein Dilemma, eine Verlegenheit, weil auch ich den Zauber ihrer Anwesenheit spürte, weil auch Julie mich ansog, wie die Motten das Licht, wie es in einem Ihrer bekannten Lieder heißt. In meinen Gedanken erblühten Fantasien, die sich der Realität entzogen und die doch möglich waren. - Mon Seigneur -, glauben Sie mir, ich war oft nicht mehr Herr meiner eigenen Gedanken und Gefühle, zu sehr war die Geschichte meines Vaters eine Last, die auf mich drückte, die wie ein moralisches Schwert über mir hing. Auf der anderen Seite der Gedankenwelt, in diesem Makrokosmos der Gefühle, war ebenso die natürliche Liebe, war der Zauber der Liebe, die Verliebtheit, die wohl jeder Mensch schon einmal verspürt hat. In mir war das Verlangen, war die Sehnsucht nach Nähe, in mir war das ewige Glück, kämpften in mir diese Emotionen, kämpften und gewannen die Oberhand. Das Gefühl der Liebe ist doch stärker als alle Schuldgefühle, - was sage ich Mon Seigneur -, die Liebe ist die Stärkste aller Erregungen. Diese Liebe, diese Leidenschaft erwachte in mir und lebte in mir in voller Reinheit. Und doch, wenn ich jetzt ehrlich bin, weckte sie in mir gewiss auch das bekannte, alltägliche Verlangen. Das Verlangen, die Gelüste oder Triebe, die schon in uns sind, bevor wir noch geboren werden. Das Verlangen, das auch meinen Vater antrieb, die Begierde, der ich mich beherzt entgegen stellen wollte. Die dichterische Liebe, sie lebt nur in unserer Fantasie, so wie die Fantasie die Wege göttlicher und körperlicher Liebe entfaltet. Julie wurde meine Göttin, sie wurde mein ein und alles und mit ihr wollte ich verschmelzen, mit ihr wollte ich eins sein, das war mir angeboren. Wie sonst sollten diese Bilder in meinen Kopf gelangen?"

Pierre trank eine kräftigen Schluck aus seinem Teeglas. Ich bemerkte, dass er durstig geworden war. Er hielt das Glas noch einige Zeit in der Hand und schaute gedankenverloren in den Raum. Seine Augen hatten einen Glanz. Ein spielerisches Lächeln formte sich um seinen Mund. Wenn ich diesen Blick richtig deuten konnte, wenn mir meine Gefühle seine Gedanken in diesem Moment zutreffend wieder gaben, sah ich etwas Seherisches in seinen Augen, eine Weisheit in seinem Blick. Er führte erneut das Teeglas mit Rum zu seinen Lippen, verweilte und trank das Glas leer. Er schloss die Augen und ein paar Falten zogen sich über seine Stirn. Er öffnete die Augen und sah hinaus aus dem Fenster. Das Meer war nur noch zu erahnen. Im Licht der Laternen sah ich die Wellen an das Ufer rollen. Die immerwährenden Kräfte des Bestehens. Wie oft habe ich diese Wellen gesehen und beobachtet, wie sie die Steinchen, wie sie den Sand bewegen, hinauf und hinab, ihn an Land spülen und ihn wieder hinab reißen in die Tiefen des Ozeans. Wie die Wellen die Küste formen, sie wegspülen, so wie hier in der Normandie und wie die Wellen die Bauwerke der Menschen mit sich nehmen. Pierre öffnete die die Augen und schaute verstört, verwirrt, so als ob er nicht wusste, wo er war, als müsste er sich orientieren. Mit einer Handbewegung bestellte er ein neues Glas und schaute mich an.

„Die Gärtnerei oder genauer gesagt, unser Garten der Sinne und der Liebe, unser Schaugarten war ein Hort der Harmonie, eine Verführung der Augen, der Ohren und der Gerüche. Ein perfekter Ort zum Verlieben. Ein Ort, der alle Sinne, alle Gefühle anstimmt und in das rechte Licht rückt. Der Zauber des Gartens, die Magie aller Pflanzen, der Blüten, der Farben und Formen übertrug sich auf das zauberhafte Wesen, welches auf seinen paradiesischen Pfaden wandelte, übertrug sich auf die Liebenden, die sich vor dem Schleier und der Zier der pflanzlichen Verschlingungen bewegten."

„Mon Seigneur -, seit Maman die Gärtnerei umgestaltet hatte, war ein kleiner Paradiesgarten entstanden. In den zehn Jahren seit Papas Tod war das ganze Gelände in ein Labyrinth aus verschlungenen Wegen, Bambushainen, Bäumen, blühenten Büschen, Kräutern, Sträuchern und anderen exotischen Pflanzen verwandelt worden. Ich hatte eine Ausbildung zum Landschaftsgärtner gemacht, habe gelernt wie sich die ursprüngliche Vegetation mit den fremdländischen Gewächsen integrieren lässt, habe die Symbolik, habe die Sprache der Pflanzen studiert, wusste über ihre Bedeutung, ihre Nützlichkeit, wusste über ihre Vermehrung und die Jahreszyklen und half und wirkte mit all meiner Kraft und Fantasie dieses Elysium zu gestalten. Es waren Maman und ich, einige Handwerker und Aushilfskräfte, die diesen Garten Edens geschaffen hatten. Mit viel Fantasie, mit Euphorie, mit einem Abenteuerdrang, ja, ich möchte fast sagen mit Liebe, wie verliebte

Menschen waren wir in Gedanken an diesem Projekt, waren wir täglich früh bei der Arbeit und nichts konnte uns trotzen, kein Hindernis war zu hoch, kein Problem unlösbar, bis auf die Tatsache, dass Chloé die Verwandlung mit kritischen Augen und frostigen Kommentaren begleitete, nur Chloé dämpfte unseren Tatendrang oder legte einen trüben Schatten auf unser Tun."

„Chloé, - das ist meine ältere Schwester, - Mon Seigneur, - ich habe nur diese eine Schwester. Chloé war schon zwei Jahre nach Papas Tod, zu ihrem achtzehnten Geburtstag nach Fécamp gezogen und arbeitete bei einem Doktor. Sie hatte es nicht leicht. Der Tod meines Vaters, - sie liebte meinen Vater abgöttisch, - verstehen Sie - sie wollte nur noch aus dem Haus, wollte weg von den Bildern und Geschehnissen. Die Veränderungen in der Gärtnerei missbilligte sie. Ich denke sie wollte Papa und ihr ganzes Umfeld so in Erinnerung behalten, wie die Kindheit, wie die glücklichen Zeiten zuvor. Nicht, dass Maman und sie gestritten hätten. Chloé verstand den Wunsch meiner Mutter nach Veränderung. Meine Schwester ist ein besonderer Mensch. Sie ist sehr verständnisvoll, aber es muss sehr schwer für sie gewesen sein, der Tod unseres Vaters und die Zeit danach. Sie war noch ein Jahr an der Schule, machte ihren Abschluss am Gymnasium. Welch schreckliche Zeit. Ich habe mit ihr gelitten, für sie gelitten. Wie oft kam sie mit geröteten Augen nach Hause. Auch wenn ich sie umarmte, wenn Maman sie drückte und Gespräche führte, auch mit all den Versuchen sie in das Geschehen in der Gärtnerei einzubinden, ihr Trost zu geben, sie aufzumuntern, - Chloé wurde stiller, zog sich zurück und war nicht mehr das lachende, spielende Mädchen, war nicht mehr die quirlige Teenagerin, vernachlässigte ihre Freundinnen und Freunde, versäumte viele Sportstunden, sie blieb öfters in ihrem Zimmer und gab vor, sie muss noch die Hausaufgaben machen."

„Können Sie sich vorstellen, - Mon Seigneur -, wenn der geliebte Vater solch einen Tod stirbt? Was oder wie müssen die Bilder vom Vater in ihrem Kopf gespielt haben? Für sie brach eine Welt zusammen, - all das Glück, - all die Liebe, die sie umgab, wenn der Vater sie herzte, wenn er sie in den siebten Himmel hob, sie als seinen Schatz und Liebling hofierte, all das war auf einmal verschwunden, all das war fort, der Vater, das Glück - all die Glücksgefühle, - die Gefühle . . . !"

Pierre seufzte und stockte, sprach nachdenklich und langsam, - „wie sind wir doch abhängig von den Gefühlen, von dem, was uns im Inneren bewegt, wie deprimiert und mutlos, wie lethargisch und kraftlos, wenn die Glückshormone fehlen ."

„Chloé besuchte uns danach ab und zu an den Wochenenden. Das waren schöne Zeiten. Das waren noch die schönsten Zeiten. Sie müssen verstehen, auch ich liebe meine Schwester. Beileibe nicht so wie unser Vater oder auch die Mutter, die führend und hilfreich ihre Hand schützend über sie hielten. Ich liebe sie, wie man eine Schwester liebt, wie eine Freundin, der ich mich anvertrauen kann und auch Chloé erzählt mir ihre Geheimnisse, ihre Bedenken oder spricht über ihre Ziele. Noch heute sind wir unzertrennlich. So ist das mit der Familie. Für uns war und ist die Familie eine wichtige Institution. Auch wenn ich Chloé manchmal länger nicht mehr sehe, wenn sie ihren eigenen Weg geht oder gehen muss, ihr eigenes Leben in die Hand nehmen muss, so wie jeder Mensch, - wir sind immer füreinander da. Das ist das Schöne an der Familie, Respekt oder Achtung oder Innigkeit, ein Gefühl der Verbundenheit, Zusammengehörigkeit, - ich weiß nicht die rechten Worte, aber auch Sie kennen die Familienbanden und hoffentlich sind Ihre Beziehungen so ungetrübt, wie meine Gefühle zu Chloé, wie zu meiner Mutter oder den vielen anderen

Angehörigen der Familie. Die Familie ist doch der Kern der Gemeinschaft, die Keimzelle unserer Nation, das Wesen, um das sich alles dreht. Was wäre aus mir geworden ohne die Familie?!"

„Später, nach vielen Jahren, nachdem Chloé in Fécamp ihr neues Zuhause gefunden hatte, nachdem sie ihre eigene Familie gegründet hatte, war Chloé ebenfalls begeistert von unserem Garten und wir hatten schon so manche schöne Stunde darin verweilt. Es ist ein Ort der glücklich macht, ein Anblick, der die Glückshormone schwärmen lässt, ein Hort der Geborgenheit, der Fantasien und der Ursprünglichkeit. Ein Ort, den ich nie verlassen wollte, der mir Frieden und Zufriedenheit schenkte."

Pierre hielt inne, - „bis zu diesem schicksalhaften Tag." Er führte seine Finger an die linke Augenbraue, streifte sich über die Stirn, nahm einen Schluck aus seinem Glas und fuhr fort.

„Sie sehen Mon Seigneur -, ich bin noch heute an diesen Garten gefesselt, bin noch heute in meinen Gedanken in seinem Schoß, erinnere mich an das weidliche Paradies."

„Ich war glückselig. Eigentlich war ich glücklich. Eigentlich waren wir glücklich. Maman und ich besprachen die Tagesabläufe und teilten uns unsere Arbeiten ein. Es war sehr harmonisch, wie zwei gleichberechtigte Partner agierten wir. Ich machte Vorschläge oder erzählte von anderen Gärten und Parkanlagen, die ich während meiner Ausbildung kennengelernt hatte oder von denen ich in den Fachzeitschriften gelesen hatte und Maman zog dann den Computer herbei, der auf einem Rolltisch an ihre Seite stand und suchte die Bilder und Informationen, damit sie sich ein Bild machen konnte. Das taten wir hauptsächlich beim Frühstück. Beim Frühstück hatten wir auch die Idee einen neuen

Mitarbeiter oder eine neue Mitarbeiterin zu engagieren, -nein, eine Ausbildungsstelle wollten wir anbieten. Wir wollten den jungen Leuten eine Chance geben. Und wir hatten Platz im Haus und schätzten die Geselligkeit, freuten uns auf neue Ideen oder Impulse, gleich welcher Art. Es war auch beim Frühstück, als wir die Annonce von Julie in einer der Fachzeitschriften sahen. Julie war auf der Suche nach einer Anstellung, auf der Suche nach einem Ort, der ihre Fantasie und Kreativität beflügeln sollte, an welchem auch sie ihre schöpferischen Vorstellungen verwirklichen konnte. Der Garten der Sinne, der Garten der Liebe, unser Garten, war ein solcher Ort. Ihre blumiges Anschreiben hatte uns gefallen. Sie erschien uns als ein Mensch, den man lieb haben konnte, der sich engagierte. Julie hatte ihre Ausbildung als Gärtnerin noch nicht abgeschlossen, aber sie wollte mehr praktische Erfahrungen sammeln, wollte mehr über die Ökologie und das biologische Gärtnern lernen, überhaupt über die Biologie, die Pflanzen und das biologische Gleichgewicht und die Natur. Diese Neugier, dieser Wissensdurst, dieses Engagement, das wir aus ihrem Schreiben lasen, überzeugte uns."

„- Dass sich meine Gedanken und Gefühle dann in diese eine Richtung wenden würden, war dabei nicht bedacht worden."

In Gedanken war ich in diesem Garten. Ich folgte seiner Erzählung und sah ihn, sah seine Mutter, wie sie arbeiteten, wie sie die Anlagen planten, Bäume pflanzten und Rabatte anlegten. Ich sah einen Garten, einen Lustgarten, wie ich schon öfter welche besichtigt hatte. Parkähnliche Anlagen, wie ich sie in England gesehen hatte, weitläufig, mit einladenden Blicken zu den einsamen Blutbuchen, Eichen oder Weiden. Weiden, die traumhaften Feen gleich, ihre ausschweifenden, biegsamen Zweige, wie Haare zu Boden fallen lassen. Ich sah Springbrunnen und lustige Figuren, die das Wasser aus den Mündern in die steinernen Schalen füllten. Schmale Irrwege von Rhododendren begrenzt. Wege, die zu

einer hölzernen Brücke führten, ich sah ein Teehaus mit Kletterrosen. Ich sah einen Garten mit einem See, auf welchem Ruderboote schwebend über das Wasser glitten. In einem der Boote saß eine Frau in weißen, spitzen Kleidern mit einem weißen, rot gebändertem Hut und einem Schirmlein. Eine dunkele Wolke zog über den See und die junge Frau sah ängstlich zu mir herüber . . .
.

„Ach Mon Seigneur -, Sie können sich nicht vorstellen, wie ich gelitten habe. Der Garten, mein wunderbares Elysium, mein Lyzeum, die Schule der Gefühle und Gedanken und Emotionen. Eine Schule des Lebens, in welcher ich die Rätsel der Gefühle erforschte, in welcher ich die Liebe und ihre Wunder ergründete, über die Trauer rätselte, Hass und seine Abgründe erlebte und mir Gedanken über die Angst und über die Hoffnungen machte. Die Trauer über den Tod meines Vaters war mir ein sondergleiches Rätsel. Auch wenn mein Vater in noch relativ jungen Jahren gestorben war, nahm ich seinen Tod als gottgegeben hin. So als wäre der Tod die Strafe für sein ausschweifendes Leben, die Konsequenz für seine Taten und sein unmoralisches Handeln. Ja, das was er meiner Mutter und meiner Schwester angetan hatte, war in meinen Augen verwerflich und mein Mitleid hielt sich in Grenzen. Überhaupt lernte ich diese Gefühle besser zu verstehen, sah ihre Macht, lernte von verschiedenen Blickwinkeln auf sie zu sehen. Ich lernte, wie Trauer und Hass in mir entstehen konnten. - Ja, manchmal hasste ich meinen Vater dafür, was er meiner Mutter angetan hatte. Dann spürte ich diese Wut und Rage und wusste dennoch, ich konnte es nicht ändern, konnte diese Gefühle nur erleben, war den inneren Gespinsten ausgeliefert, ohne den Lauf der Geschichte ändern zu können. Und trotz der Erkenntnis wie mein Geist, wie mein Körper reagierte, wie sich die Emotionen entfalten und wie sie auf mein Handeln wirken können, blieb es mir nicht erspart, die Wut, den Hass und die Angst wieder zu erfahren, lernte, dass die Gefühle wiederkehren. Die Emotionen kommen, sie kommen mit dem Geschehen, sie kommen mit dem was geschieht, was wir sehen, was wir hören, fühlen, schmecken oder riechen. Die Emotionen werden durch unsere Sinne geweckt und durch unsere Gedanken, durch unsere Fantasien, Reflexionen, durch unsere gesamten Denkvorgänge befeuert. Sie beeinflussen unser Denken und sie beeinflussen unser Handeln. Wir können sie nicht abwehren, wir können nur lernen in unserer eigenen Weise zu reagieren. Auch jetzt spüre ich die Hoffnung, auch jetzt, da ich mit ihnen spreche, bewegen mich Gefühle, sind Trauer, Liebe, Angst und Hoffnung in meinen Gedanken. Ich habe in dieser Zeit im Garten der Sinne, im Garten der Liebe sehr viel gelernt."

„So wie ich heute verstehe, dass die Liebe die stärkste aller Emotionen ist. Mon Seigneur, - sie kennen die Geschichten, - sie kennen die großen Lieben, die über alle Widerstände gegangen sind, die tragischen Lieben, die unwiderruflicher im Tod endeten als in einer Zukunft ohne den Geliebten oder die Geliebte. Die Liebe, die keine Entfernung kennt, keine Zeit. Die Lieben, die trotz aller Qualen, trotz aller menschlichen Grausamkeiten überlebten und in Erfüllung gegangen sind. Die Liebe überwindet den Hass, überwindet die Trauer und die Angst. Die Liebe ist, was die Welt bewegt. Ohne die Liebe wären wir keine Menschen, ohne die Liebe gäbe es keine Menschen."

Ich musste unwillkürlich an Charlotte und ihre Familie denken. Es war auch unserer Liebe, welche die Antipathie ihrer Familie gegenüber den Deutschen, ihre Abneigung gegenüber mir ausgelöscht hat. Die Abneigung und Kälte, die ich in den ersten Monaten, wenn nicht sogar Jahren, verspürte, verflogen mit jedem Kuss, den ich Charlotte gab, verflog mit jeder Umarmung und jedem freundlichen Lachen, verflog mit jedem Besuch. Die

Liebe, die mich und Charlotte verbunden hatte, verband auch unsere Familien. Es gab noch Sticheleien, die ein oder andere Anspielung und Belustigung was unsere Länder betraf, aber unsere unerschütterliche Liebe, die Zuneigung, - wie soll ich es sagen -, unsere geistige, seelische und körperliche Verbundenheit kannte keine Nationalitäten, keine Religionen, keine Ideologien und insofern hat die Liebe, haben die Gefühle mehr Macht und die Kraft alle Hindernisse, allen Fanatismus, alle Intoleranz, alle Abscheu und Vorurteile zu überwinden. Ich schaute zu Pierre und wollte schon meine Gedanken mit ihm teilen, aber ich lies davon ab und wünschte zunächst seine Geschichte weiter hören.

„Der Garten war nicht nur meine Schule, - Mon Seigneur, - der Garten war auch meine Ablenkung von der Vergangenheit, von der Geschichte meines Vaters und seinem Tod. Ich arbeitete und versuchte mich durch die Arbeit abzulenken. Manchmal gelang mir das. Ich kann mich an Tage oder doch wenige Stunden erinnern, an welchen ich fast gedankenlos, wie in Abwesenheit die Zeit verspürte oder nicht verspürte, wenn Sie verstehen, was ich meine. Mein Körper arbeitete mechanisch und war im Rhythmus der Bewegungsabläufe. Doch dann hörte ich ihre Stimme, hörte sie zwischen meinem Scharren und Atmen, neben dem Rascheln der Zweige und Blätter, hörte in meinem gedankenlosen Raum ihre Stimme und schon war das Rauschen des Blutes zu hören, schon schwindelte mir mein Kopf, schon war ich wieder in den Fängen der Emotionen, schon war ich wieder voll der Liebe zu Julie."

„Sowie an diesen Tag, an welchen ich mich just erinnere. – Julie, - ihre Stimme, die mich in allerliebste Sphären versetzte. Julie hatte die Führung einer Gruppe aus Deutschland übernommen. Ja, - Mon Seigneur -, wir hatten viele Besucher auch aus ihrem Heimatland. Julies Englisch war ausgezeichnet und durch die Kontakte im Garten und die Führungen wurde es natürlich noch besser und auch das ein oder andere deutsche Wort hatte sie gelernt. Die Menschen waren von ihr begeistert. Was die Schönheit der Blumen, die Herrlichkeit des Gartens nicht schaffte, es war Julie, es war ihr Liebreiz, der sie völlig in ihren Bann brachte. Ich hörte ihre Stimme, hörte wie sie sich näherte, und musste in meiner Arbeit inne halten, versteckte mich im Halbschatten des Raumes und schaute ihr zu, wie sie die Leute an sich sog, sie um sich versammelte und Erklärungen zu unserem Haus und dessen Geschichte gab."

"Ich sah, wie die Frauen ihr freundlich zulächelten, wie selbst ihre Augen aufleuchteten. Und die wenigen, schon reiferen Männer ließen kein Auge von ihr. Auch das machte mich nachdenklich und zugleich ein wenig eifersüchtig. Und, - ich wollte es nicht geschehen lassen, es war mir völlig unbewusst - , war ich erregt von ihrem Anblick von ihrer Ausstrahlung, von diesem Juwel, der Göttin allen Geschehens."

" Ich weiß nicht, warum es mir unangenehm ist, davon zu berichten. Die Liebe, die spirituelle, geistige Liebe, die dichterische, romantische Liebe ist doch verbunden mit der sinnlichen, mit der körperlichen Liebe, um nicht zu sagen mit der körperlichen Vereinigung. Alle Liebesbriefe, alle Gedichte, Liebesverse, alles Schmeicheln, alles Seufzen, --- ist nur ein Rauschen im Gehirn im Vergleich zu der Berührung, dem Fühlen der Körper, der Explosion der Sinne, der Wirkstoffe des Glücks, die unsere Körper durchfluten, wenn wir uns vereinen. So stand ich da, in unserem Garten, versteckt im Grün der paradiesischen Pflanzen, schaute auf zu Julie, die wie ein Engel, eine Madonna ihre Schülerinnen um sich scharrte und die Gefährten durch den Garten Eden führte. Wie unsere Körper doch reagieren auf Bilder, Töne oder Berührungen, wie die Chemie in unserem Blut, in unseren Organen uns unbewusst verführt, vorführt oder führt. Wie sich in Gedanken die Welt der Fantasie zu drehen beginnt, sich diese

Glücksgefühle immer höher schrauben, die Welt im Kopf nur noch aus Liebe, Liebelei und Sehnsucht weiterlebt."

Pierre trank einen vorsichtigen Schluck aus dem Glas, das ihm der Wirt gebracht hatte, stellte es mit Schwung und energisch auf den Unterteller und setzte seine Erzählung ohne Umstände fort.

„Da kommt mir diese eine Geschichte wieder in den Sinn. Es war in der Schule. Es war dieses Erlebnis mit Mariann, das ich Ihnen erzählen wollte. Diese pikante Affäre."

„In den Schulpausen standen wir größeren Jungs gerne an der sonnenbeschienen Mauer und besprachen die Dinge, die so besprochen werden mussten und flirteten gleichzeitig mit den Mädchen. Ich stand mit dem Rücken an die wärmende Mauer gelehnt, als Mariann auf mich zukam und sich ungeniert vor mir aufbaute, mit dem Körper zu wippen begann und mich rhythmisch anstieß. Das war jetzt nicht ungewöhnlich. Keiner dachte sich etwas dabei, wenn ein Mädchen einem Jungen den Arm gab, sich bei ihm freundschaftlich einhakte oder auch anlehnte. Ich kann mich nicht erinnern über was sie mit mir sprach. Es waren lustige, gutgemeinte, freundschaftliche Worte, soweit ich das lächelnde Gesicht in Erinnerung habe, vielleicht eine Retourkutsche, eine sarkastische Resonanz auf meine Tändeleien. Und dann kam dieser Augenblick, das Stocken des Monologs, der fragend, überraschende Anblick, das leicht scheue Abwenden ihres Körpers und der ungläubige Gesichtsausdruck, der mir selbst erst verriet, mir bewusst machte, dass mein Glied unter dem Stoff meiner Jeanshose geschwollen war, und Mariann den Druck auf ihrer Taille bemerkt haben musste, nur durch die gewebten Chiffons gespürt haben musste. Eine unbewusste, natürliche Reaktion meines Körpers und doch mit leidenschaftlichen Erinnerungen verbunden."

Pierre schaute mich an, so als ob er eine Antwort oder Reaktion von mir erwarte, aber ich nippte nur an meinem Rotweinglas und schaute ihn über den Rand mit interessierten und fragenden Augen an.

„Mit Papas Tod oder genauer gesagt, mit der Enthüllung seiner Liaisons, mit dem ganzen Gerede im Ort über Papa und über die Männer im Allgemeinen, mit diesem merkwürdigen Erlebnis mit Mariann in der Schule und noch weiterer anderer amouröser Episoden, auch mit dem, was ich in den Zeitschriften las, wurden in mir diese Gedanken gewahr, stellte sich mir im Laufe der Zeit die Frage, - bin ich der Sohn meines Vaters? Nicht, ob ich der leibliche Sohn bin, sondern ob ich die gleichen Romanzen, die amourösen Spiele spielte, spielen konnte oder musste?"

„Ist nicht das Spiel der Liebe ein ständig gegenwärtiger Charakter des menschlichen Daseins? Es war das Thema unter Freunden. Die Lieder, die wir hörten, die Tänze, die wir tanzten. Das Anbändeln und Flirten, die ersten erotischen Bilder. Wann fing das eigentlich an? Chansons, Filme, Bücher, Zeitschriften waren gefüllt mit Liebesgeschichten. Magazine glänzten mit leicht bekleideten Frauen. Die Mannequins führten das Idealbild attraktiver Frauen vor, welche in Beruf und Familie erfolgreich waren. Gerade hier, - bei uns in Frankreich -, im Klischee der Genussmenschen drehte sich doch alles um die Liebe oder tut es noch jetzt. Das Spiel der Verführung gehört zu unserer Geschichte wie die Esskultur. Männer flirten überall auf der Welt, auf unterschiedliche Weise. Mit Kraftakten, mit Humor oder Eleganz, mit protzigen Autos, mit Esprit oder Charme. Sie zeigen sich manierlich und mutig, angeberisch und souverän erfolgreich. Sie machen sich interessant, genauso wie es Frauen tun. Sie sind die bunten, hechelnden Fische im Meer, die dem Köder folgen, der langsam durch das Wasser gezogen wird. Sehen und gesehen werden. Und in allem liegt ein Zauber der Liebe, der Berge versetzt. Eine Magie, die das Rad des Lebens in Bewegung hält, die die Welt zusammenhält. Der Zauber der Liebe, die Kraft der Liebe, die Kunstwerke, Lieder, Romane und Poesie erschafft, die die Grenzen der Länder und Kontinente überwindet, die uns undenkbares Leid erdulden lässt. Eine Emotion, die unerfüllt uns in den Wahnsinn treiben kann, dass der Leidende sich selbst erlöst und welche uns aber auch in die Lage versetzt zu töten. Es ist der Trieb, der erst befriedigt ist, wenn die Natur ihren Willen hat. Die Natur, die den Keim der Liebe, die den Samen in jedem Menschen weiter gibt, die ihn wachsen lässt, zuerst als zartes, unschuldiges Kind, das spielerisch zu lernen beginnt, welches die Welt mit offenen Augen betrachtet, bis in ihr oder in ihm neue, drängende Botenstoffe neue Signale ausrufen, bis der Keim auflebt, neue Bedürfnisse, Wünsche, Erwartungen geweckt werden, neue Begierden und Neigungen entstehen, bis der Spross gewachsen ist, das Wunder der Liebe geblüht hat, bis letztendlich die Früchte gereift sind und der Samen weiter gegeben wird. So wie es alle Pflanzen in unserem Garten tun."

„Mein erster Kuss fällt mir wieder ein. Ich war damals vielleicht drei oder vier Jahre alt. Wir waren zu Besuch bei Onkel Bernard, der einen Campingplatz in Cap Ferret hatte. Der Campingplatz meiner Großeltern, auf welchem auch meine Maman aufgewachsen ist. In der Nähe von Bordeaux liegt diese Landspitze oder Halbinsel, dieses Kap, mit langen Sandstränden, mit Kieferwäldern und Fischereihäfen und Austernbänken. Wir Kinder, meine Schwester und ich und unsere beiden Cousinen Miriam und Annett und unser Cousin Gerard, hatten den größten Abenteuerspielplatz aller Zeiten. Wir durchstreiften die lichten Wälder, eroberten die Dünen und bauten Sandburgen am Strand. Früher fuhren wir jedes Jahr in den Sommerferien nach Cap Ferret und auf den Campingplatz, und oft gab es dann auch ein Familientreffen mit allen Verwandten von Papa und Maman, une Réunion de

Famille, auf dem ausgiebig gefeiert wurde. Die Frauen okkupierten die Küche und die Männer spielten Boule auf dem Platz unter den Pinien. Es wurde viel getrunken, vorzüglich gegessen und viel geredet und gelacht. Wir Kinder stürmten zwischen Küche und Spielplatz hin und her, probierten einige der Leckereien, vor allem die Kuchen und die verschiedenen Desserts oder streiften entlang des Strandes und sammelten Muscheln und Strandgut. Eine himmlische Zeit zum Verlieben. Es war dann Miriam und ich, die Jüngsten, die hinter den Großen zurück blieben und intensiv den Strand absuchten. Wir hatten schon einen kleinen Stoffbeutel mit Muscheln halb gefüllt und gaben uns einen vom Wasser gebleichten, verzauberten Stock von Hand zu Hand, mit dem wir wunderliche Objekte im Sand aufstöberten, als wir wie zufällig, ungeplant und unerwartet zwischen den Gräsern der Dünen in einer kleinen Mulde anlangten. Der Wind wehte über uns hinweg und impulsiv setzen wir uns dicht beieinander in den abfallenden Sand, hielten uns an den Händen und schauten in den blauweißen Himmel, schauten uns in die Augen und von einer unbekannten Freude oder Leidenschaft erregt, von dem Zauber, der uns umgab, trafen sich unsere Lippen spontan zu einem kurzen, aber unvergesslichen Kuss. Der Kuss wurde in mir noch unauslöschlicher, weil Miriam mich am nächsten Tag fragte, ob wir das noch einmal machen könnten, auch für sie muss es ein bewegendes Geschehen gewesen sein, ein ausordentliches Abenteuer, das uns noch heute seelisch verbindet. Das Berühren der Hände, das Berühren der Lippen, das Lachen der Augen, ihre blonden, lockigen Haaren, das kindliche Erwachen der Liebe. Das Spiel der Liebe begann. Der Kuss öffnete eine Schleuse der Gefühle, die ersten Glücksmomente, das Erwachen romantischer Gedanken. Ich glaube fest daran, ja ich bin überzeugt, dass es nur eines bestimmten Schlüssels bedarf, um das Schloss zu öffnen, ein Stimulus oder einen Reiz, um das Räderwerk der Natur in Gang zu setzen. "

Pierre bestellte noch einen Tee mit Rum, schaute nachdenklich auf Hugo, der auf dem Boden vor unserem Bistrotisch lag, mit seinem Kopf auf den Vorderbeinen ruhte und zu träumen schien. Seine Augäpfel bewegten sich unter den Augenlidern und eines der Hinterläufe zuckte leicht im Rhythmus. Ich wurde kurz abgelenkt und dachte an die Traumforschung. Was geschah gerade in seinem Körper, was träumte Hugo und war er sich dessen bewusst? Immerhin bewirkten seine Träume eine körperliche Reaktion. Jedenfalls war es das, was ich aus Büchern über das Nervensystem der Tiere und auch des Menschen gelesen hatte. Vorgänge im Gehirn können zu körperlichen Reaktionen führen. Aber das ist doch selbstverständlich. Wie oft kommt es zu bewussten oder auch unbewussten Reaktionen des Körpers durch einen Reiz, der im Gehirn verarbeitet wird. Ein akustischer Reiz, kann uns zum Beispiel erschrecken lassen. Wir riechen etwas Angenehmes oder Unangenehmes und reagieren darauf. Ein visueller Reiz kann eine ganze Reihenfolge von Reaktionen oder Aktionen auslösen, die uns zum Teil nicht bewusst werden. Welche Gedanken kommen uns beim Anblick eines schönen Mädchens? Was bewirkt das charmante Lachen in unserer Fantasie? Welche Vorstellungen erzeugt der Anblick eines starken, machtvollen Mannes in der Gedankenwelt einer Frau? Sind es nicht oft unbewusste Signale, die unsere Körper aussenden? Reagieren wir nicht oft unbewusst auf Reize aus unserem Umfeld? Der Geruch, der uns verlockt, uns gefällt, der uns erregt oder abstößt. Die Stimme, die uns betört, die sexy klingt, die vertraulich wirkt. Ein schneller Blick auf die Beine, das Senken des Kopfes, der Lidschlag, das Lächeln. Und die vielen kleinen Gesten, die modischen Verführungen, die Symbole und Signale sexueller Natur, die Zeichen von Jugend, Stärke, Gesundheit und Fruchtbarkeit.

Die Gedanken, die in unserem Kopf arbeiten, sie können bewusst werden oder auch im Unterbewusstsein wirken. So wie jetzt in den tierischen Träumen von Hugo, so wie in jedem Lebewesen Reize Wirkungen hervorrufen. Und so waren auch Pierre und Miriam dem Zauber der Liebreize preisgegeben, dem sie in ihrer kindlichen Gedankenwelt unschuldig folgten.

„Ich kann bis heute noch nicht sagen, wie es zu diesem Kuss oder den Küssen gekommen ist, welche Konstellationen, welche Umstände diesen Kuss hervorgebracht, verursacht haben, was Miriam und ich uns dabei dachten. - Mon Seigneur -, es war so spontan und schicksalhaft, so zauberhaft, dass mir der Vorfall noch heute in Erinnerung ist. Es gibt Bilder, Fotografien aus dieser Zeit, auf welchen wir Kinder am Strand Sandburgen bauen, wo wir nackt im Wasser planschen, ich habe Bilder im Kopf von Baumhäusern und unterirdischen Tunneln, von lustigen Spielen, ja auch die Doktorspiele und von herzhaften Umarmungen - und doch ist es dieser Kuss, der mir am liebsten in Erinnerung ist. Ich glaube, dass an diesem Tag das Spiel der Liebe für mich begann. Das Spiel, das mich auf viele Abwege brachte, welches mir merkwürdige Abenteuer und Rätsel auferlegte. Das Spiel, das auch mich zur Verzweiflung brachte und meinen Verstand hat aussetzen lassen. Auch Julie spielte mit mir das Spiel und ich mit ihr. Und dann musste ich wieder an meinen Vater denken. Also war ich doch nur meines Vaters Sohn?"

Pierre nippte an seinem Tee, atmete tief ein und es schien, als würde der Geruch oder der Dampf des heißen Getränks ihm seine Anspannungen lösen, als hätte der Tee eine befreiende Wirkung, denn mit einem Hauch der Erleichterung blies er über das Glas und stellte es langsam ab.

„Jaques Dernière, mein Papa, war Bürgermeister in unserer kleinen Stadt, -müssen Sie wissen -, und hatte eine Gärtnerei, wie ich schon erwähnte. Er war eine Respektsperson und als solche hatte ich immer zu ihm aufgesehen. Auch wenn er mich nicht so verwöhnte oder beachtete, wie er meine ältere Schwester lieb-koste, vergötterte und Chloé in liebevollen Gesten ihren Wün-schen entgegenkam, war ich doch auch von diesen graziösen und wohlwollenden Auftritten, von diesen spielerischen Episoden hingerissen, weil sie mich selbst beschwingten, mich inspirierten und amüsierten. Mein Papa half mir, wenn nötig bei den Haus-aufgaben, hatte immer ein aufmunterndes Wort in schwierigen Situationen oder geleitete mich des Öfteren zu meinen kindlichen Pfadfindertreffen. Manchmal hielt er dann eine kurze Rede, wenn jemand zum Beispiel befördert wurde. Wir standen mit unseren schmucken, beigen Uniformen mit Krawatte und den Schiffchen-mützen in Reih und Glied und mein Vater ruhte gebieterisch mit seinem etwas vorgewölbten, dicken Bauch unter dem von Fackeln beleuchteten Pavillon, der wie ein griechischer Tempel unseren kleinen Stadtpark zierte. Mit ernsthafter Miene rezitierte er unse-ren Pfadfinderschwur, den wir mit Bravour in der Stimme wie-derholten und in den Nachthimmel schmetterten. Unser Städt-chen war eine eingeschworene Gemeinschaft, eine engagierte Kommune, die stolz auf unser Vaterland war und mit Ehre und Vernunft das Allgemeinwohl beäugte. Und dann das! Er stirbt auf dem Leib seiner Geliebten!"

„Erst im Nachhinein wurden mir einige Episoden bewusst, die mir zu dem damaligen Zeitpunkt nur merkwürdig und fremd er-schienen. Als ich zum Beispiel spät abends von einem meiner Spa-ziergänge in das Städtchen zurückkam und meine Eltern durch das beleuchtete Fenster beobachtete. Meine Maman trug ein schwarzes Negligé, schaute den Papa mit feurigen Augen an, schrie unverständliche Worte und schlug mit ihren Fäusten auf seine Brust und Schultern ein. Mir war der Anblick ihrer nackten Beine peinlich und erotisch zugleich und ich schlich mich schnell durch das Treppenhaus vorbei. Murielle, - so heißt meine Maman, - war eine sehr attraktive Frau, schlank und kräftig und doch zart mit ihren Händen. Die Arbeit im Garten verlangte kräftiges Zupacken, aber auch behutsames Handeln mit den Sprösslingen und Pflanzen. So war sie auch im Umgang mit uns Kindern. Wenn sie mich vor dem Schlafen liebkoste und mir einen Kuss auf die Stirn gab, dann streichelte sie meine Wangen und ich fühlte diese Wärme und Zartheit, ein Gefühl von Liebe und Geborgenheit. So ist die Liebe einer Mutter, - Mon Seigneur -, davon muss ich Ihnen nichts erzählen. Murielle konnte aber auch sehr resolut zu sein, sie hatte immer ein Auge auf unser Verhalten und Verfehlungen und es folgten konsequente erzieherische Maßnahmen. Nur bei Papa konnte sie sich nicht durchsetzen."

„Ich erinnere mich an den Abend, als sie weinend nach Hause kam, sich in das Schlafzimmer einschloss und mein Papa erst Stunden später stark angeheitert die Treppe rauf polterte und an die Tür klopfte. Er schlief in dieser Nacht im Salon. Aber es blieb bei dieser einen Nacht. Schon öfters arrangierten sie größerer Feiern, draußen im Garten unter den Obstbäumen. Mit zunehmender Stunde wurden alle Gäste ausgelassener und meine Eltern hatten schon beide einen Schwips. Dann tanzten sie ungeniert mit den Gästen oder Papa nahm Maman auf den Schoss und zog sie fest an sich, um ihr einen Kuss auf die Lippen zu drücken. Dann kam es aber auch vor, dass er eine seiner Vorzimmerdamen oder die kesse Sportlehrerin zu sich zog und ihnen lachend einen Schmatzer auf die Lippen küsste. Mich widerte das an und ich blieb nie lange bei diesen Erwachsenen Partys. Meine Mutter erduldete und akzeptierte viele seiner belanglosen Spinnereien, wie er sie nannte."

„Jaques Dernière, mein Vater, war ein exzeptioneller Mann. Auf der einen Seite war er ein Romancier, verliebt in die Blumen und Pflanzen seines Gartens, ein Garten, der nicht nur unsere wirtschaftliche Grundlage sicherte, sondern für ihn auch ein kleines Paradies, eine Enklave für die Vielfalt der Blütenpflanzen, der Stauden, Sträucher, Büsche und Kräuter war, welche die Herzen der Menschen erobern und erfreuen sollten, die aber auch die Portemonnaies der Kunden öffneten und gewinnbringend veräußert wurden. Er war ein Mann der Öffentlichkeit, der keinen Streit scheute und offen seine Meinung sagte. Bei den Stadtfesten war er ein engagierter Mitstreiter und Organisator und immer für einen Spaß zu haben. Bei einem Umzug zum Erntedankfest, dem Fête des Moissons, zog er mit eingespannten Halfter einen alten Holzwagen, eine Pritsche auf deren Ladefläche ein Esel stand, - stellen Sie sich das vor, – er wollte damit zeigen wem wir am reichlichsten zu danken hatten. Papa hatte auch keine Scheu als Frau verkleidet auf der Bühne aufzutreten und ich erinnere mich noch an den Tag, als er mit blutiger Nase nach Hause kam, weil er sich in einem der Bistros mit einem Sympathisanten der Front National einen handfesten Disput leistete. Jaques Dernière war beliebt bei den meisten Mitbürgern, gefürchtet von den Rechtswidrigen und gehasst von den Oppositionellen. Er war das Alphatier, der Silberrücken unseres Kollektivs. Man übersah seine virilen Ausschweifungen, seine kleinen Techtelmechtel. Das war nicht befremdlich, das war ein gesellschaftlich akzeptables Benehmen, über das man nicht sprach. Frauen wurden verehrt, hofiert und respektiert, aber sie hatten ihren angestammten Platz in der Gemeinschaft. Nur wenige Frauen konnten sich in der Politik oder Wirtschaft einflussreiche Posten erobern. Viele Frauen jedoch standen ihren Mann in den typisch weiblichen Berufen, so wie meine Maman resolut ihre Aufgaben in der Gärtnerei verwaltete, zumal Papa als Bürgermeister immer weniger Zeit im Geschäft verbrachte. - Aber die Façon seines Abgangs war eine Monstrosität! Das war inakzeptabel!"

„Nach seinem Tod stürzte sich Maman förmlich in die Arbeit, verfolgte das lange gehegte Konzept vom Traum eines Schaugartens, ein Garten der Liebe und der Sinne, ein Garten der Kunst und der Liebe. Ein Traum, den sie schon seit Jugendzeiten pflegte und begehrte. Sie arbeitete Tag oder Nacht, auch um sich von den schlechten Gedanken und dem Spott abzulenken, um den scheinheiligen Beileidsbekundungen aus dem Weg zu gehen, um sich und den anderen, vor allem dem männlichen Klientel der Bürgerschaft zu beweisen, dass sie sich nicht demoralisieren lässt, dass sie ihrem Naturelle entsprechend die Dinge in die Hand nehmen konnte, den Demütigungen ausweichen und ihr Leben neu gestalten konnte. Sie wollte ihr verlorenes Selbstwertgefühl zurück. Mich von der Idee zu überzeugen war nicht schwierig, zumal ich mir in Gedanken schon eine Zukunft in der Gärtnerei ausgemalt hatte. Sie ließ die alten Glashäuser abreisen, gestaltete das Gelände um das alte, aus dem siebzehnten Jahrhundert stammende Priorat neu und kaufte das ein oder andere Gelände, um die Fläche um unser gemeinsames Domizil abzurunden. Ein Stall, eine alte Scheune und ein alter Ziegenstall blieben dabei erhalten und komplementierten das Ensemble und dienten als Lagerräume für die Gartengeräte. Die Scheune allerdings wurde zu einem begehbaren Museum und zu einem Informationszentrum für die verschiedensten, exotischen Pflanzen, ihre Herkunftsländer und ihre Eigentümlichkeiten ausgerichtet oder beherbergte auch die ein oder andere Skulptur oder verschiedene Gemälde, die sie von den ortsansässigen Künstlern zur Schau stellen durfte. Das waren Zeiten, - Mon Seigneur! Manchmal fuhr ich auch mehrere Stunden mit dem Lieferwagen, um bei einem bekannten Künstler die wertvollen Objekte abzuholen. Es war für mich eine spannende, ereignisreiche Zeit. Die Ausbildung an der Gartenbauschule, die Veränderungen am Haus und in der Gärtnerei, die vielen Aktivitäten und Planungen. Die neuen Aufgaben, die neuen Kontakte mit Künstlern, - das werde ich nie vergessen, die Ateliers und die Gespräche -, Besprechungen mit Werbefachleuten und dann die ersten Besucher, das ging alles nicht so einfach von der Hand, - Sie verstehen? Das Konzept für den Garten hatten wir oft erörtert, überarbeitet und neu bedacht, bis es zu der endgültigen Anlage kam. Das Haus sollte inmitten des Gartens liegen, eine menschliche Oase im Garten Gottes. Der Garten der Sinne und der Liebe hatte dann schnell ein exzellentes Renommee und sein Flair lockte Menschen aus der Region, aus ganz Frankreich und die vielen an Botanik interessierten Reisegruppen aus dem Ausland."

„Nach den Umbauten und Veränderungen lagen die Gebäude inmitten der Beete und Pflanzungen. Die Grünflächen drängten sich bis an die Grundmauern unserer Wohnstätte und überwucherten mit wildem Wein das halbe Mauerwerk. Die erneuerten Sprossenfenster reichten bis zum Boden und wie Flügeltüren öffneten sie sich nach innen und gaben den Raum frei für die Natur. So fügte sich das Haus, wie eine altertümliche Besonderheit, wie eine romantische Perle in die landschaftsplanerische Konzeption, wie ein verträumtes Juwel, wie ein verwunschenes Märchenpalais in die Mitte von Bambushainen, von Stauden und Büschen, von Gewürzbeeten und exotischen Pflanzen, von Bananenstauden, Ziersträuchern und Obstbäumchen, beschützt von den alten, hochgewachsenen, ehrwürdigen Buchenveteranen, die schon seit hundert Jahren dieses Fleckchen Erde begrenzten. Das heilige Priorat inmitten der mannigfaltig bunten, ungewöhnlichen, fremden und von bizarren Gewächsen eingefassten Bereiche. Gewundene, ausgetretene Wege führten durch den grünen Dschungel auf verschlungenen Pfaden bis zu unserem Haus. Mit dem Auto war der Eingang nun nicht mehr zu erreichen, unser Auto stand versteckt hinter dem Stall."

Pierre hielt inne, packte einen Beutel Tabak aus seinem Parka und drehte sich eine Zigarette. Er lächelte mich an. Ich hatte ein

Glas Rotwein getrunken, der überraschend gut war, trotz des Renommees des Lokals und ich bestellte zwei neue Gläser Wein, nachdem ich Pierre dazu anfragte. Es war sogar irgendwie gemütlich. Wir hatten einen Ecktisch mit Blick auf das Meer, das nur noch an seinen weißen Schaumkronen zu erkennen war und eine Kerze leuchtete und spiegelte sich im Fenster. Ich schaute Pierre in die dunkeln Augen und es kam mir vor, als hätten sie kleine weiße Punkte, wie Sterne vor einem unendlichen Horizont. Als würde seine innere Seele ein Feuerwerk entzünden, das durch seine Augen mir entgegen strahlte. Er blies das Streichholz aus, inhalierte den Rauch und begann wieder mit seiner Erzählung.

„Julie kam mit einem Roller zu uns, ein Scooter, ein roter Peugeot. Es war eine Szene wie aus einem Werbefilm, wie ein märchenhafter Auftritt, als sie den schmalen Feldweg zu unserem Arboretum kam, sich den Helm von Kopf nahm, der von schwarzen Haaren umweht wurde, sie den Roller abstellte, den Helm auf den Spiegel stülpte und mit einer sportlichen Eleganz abstieg. Sie öffnete den Reisverschluss der Windjacke, richtete ihre Haare mit den Händen und ging forsch zu unserem Eingangsbereich, an dem eine Glocke hing, die sie kräftig anschlug. Ich stand nur einige Meter entfernt, aber gut versteckt in einer der Außenparzellen, die wir für Neuanpflanzungen erworben hatten und beobachtete sie eine Weile aus dem Gestrüpp der wild wachsenden Sträucher und mannshohen Kräuter. Ich erkannte sie sofort von dem Bild aus der Zeitschrift und erfasste mit einer unangenehmen Offenheit, dass sie mich schon des Bildes wegen fasziniert hatte, sie mich in Gedanken unbewusst beschäftigte. Ein Umstand, der jetzt nicht mehr zu leugnen war, so bezauberte mich ihr Anblick."

„Aber ich belüge mich selbst, - Mon Seigneur. Wenn ich seriös bin, waren die Gedanken nicht subliminal, nicht unterschwellig und unbewusst. Es waren Fantasien, die nicht zu dem Reich der

Märchen oder Werbefilme gehörten, die das Alltägliche, das Gewohnte unbewusst wiedergaben. Mit ihrem überraschenden Auftritt paarten sich Neugierde, Faszination und – ich kann es nur so benennen – eine körperliche Erregung, ein Aufleben noch undefinierter Begierden, instinktiv, unbewusst und doch emotional, – ein unwiderstehliches Gefühl – das ein neues Feuer in mir erweckt – natürlich, ich, ich . . . ich weiß nicht, ich spürte diese Sehnsucht, ich sage heute, die Hormone spielten in mir verrückt, ein Umstand, der mir bekannt sein sollte. Und doch."

„Die natürliche Bühne war frei geräumt für das Spiel der Liebe. Der Schauplatz war der Garten Eden, der Garten der Sinne. Ein Garten, den ich mitangelegt hatte, den ich mitkultiviert hatte und der die Früchte aller Sünden tragen sollte, die schon unsere Väter und Vorväter kultiviert und aufgezogen hatten. Dennoch kämpfte ich gegen diese Gedanken, weil ich unser Arbeitsverhältnis auf eine sachliche, professionelle Ebene stellen wollte. Das Erbe meines Vater lastete auf mir und hinterließ seine Spuren."

Pierre sog an seiner Zigarette und blies den bläulichen Rauch zur Decke, wo er im Schein der Lampe schwebte.

„Maman hatte inzwischen Julie am Eingang zum Wäldchen, dem Eingang zum Boskett abgeholt, hatte sie freundlich empfangen und leitete sie entlang der Wege durch den verschlungenen Garten, durch das Labyrinth der Farben und Formen. Sie zeigte ihr unser Reich der zahlreichen blühenden Blumen und Sträucher, der duftenden alten Rosenstöcke, der farbigen Vorhänge ausgewachsener Bambushaine, der Stauden- und Kräuterbeete und führte sie zu dem alten Priorat, unser verborgenes Domizil, das auf dem Gelände eines ehemaligen Heiligtums stand. Ja, das hat mich sehr beeindruckt oder fasziniert, dass unser Haus oder das Fleckchen Erde eine klerikale Vorgeschichte hatte. Der Ort war der Heiligen Marguerite, der Schutzpatronin schwangerer Frauen gewidmet, geschichtliche Gegebenheiten, - Mon Seigneur -, die ich erst nach und nach, während der Umbauarbeiten entdeckte beziehungsweise davon erfuhr. Es gibt Hinweise, dass dieser besondere Ort schon lange vorher in der Geschichte eine Bedeutung hatte. In der Nähe unseres Grundstücks befand sich früher eine natürliche Öffnung, die dem karstigen Untergrund geschuldet, das Regenwasser verschluckte, um einen unterirdischen Fluss zu versorgen, der sich letztendlich ins Meer bei Fécamp ergoss. Heute ist davon nur noch ein Teich zu sehen und jetzt sind alle Wiesen und viele Wälder zu landwirtschaftlichen Flächen konvertiert. Außerdem ist der Grundwasserspiegel gefallen und das Wasser wird von den Chemikalien unserer modernen Zivilisation verunreinigt. Die alte Kapelle ist verschwunden. Vielleicht wurden ihre Steine für andere Gebäude verwendet."

„Das Haus, vielleicht erzähle ich Ihnen etwas über das Haus!"

„Papa und Maman hatten mit viel Eigeninitiative das Backsteinhaus erneuert und renoviert. Viele Stunden, in denen sie die alten Farben der Decken und Wände abschabten, die Holztreppe restaurierten, die Böden sanierten. Moderne Fenster wurden eingebaut und die Elektrik und Heizanlage erneuert. Der Eingang, genau in der Mitte des Hauses, führte direkt in das Treppenhaus, in dem die Treppe zur ersten Etage und zur Mansarde aufstieg. Gleich links vom Treppenhaus befand sich unser geräumiges Esszimmer, mit zwei großen Terrassentüren an der Frontseite und zwei Fenster an der Rückseite. Es war später auch Mamans Büro, das heißt, in der einen Ecke, unter dem Fenster, stand Papas alter Schreibtisch. Vor der ersten Terrassentür stand ein runder Tisch, der auch groß genug war, wenn mehrere Gäste kamen. Von hier aus hatten wir einen wunderschönen Blick in den Garten und mit all dem Grün an allen Fenstern, waren wir mitten im Paradies. Ich sehe noch das antike Cabinet vor mir, mit dem Porzellan und den Kristallgläsern für feierliche Anlässe. Maman war verrückt nach

Büchern, sie hatte die Wände voller Bücherregale und an den freien Stellen hingen alte, historische Daguerreotypien und Bilder des Hauses und der Region. Das Zimmer war ein Sammelsurium von Erinnerungen an Reisen, an Familiengeschichten und nicht zu vergessen die Bücher, die Folianten über die Gärten aus aller Welt, die auf Beistelltischen oder auf einer kleinen Lesecouch lagen. Es war eine bunte Welt in sich. Neben dem runden Tisch war ein Rolltisch mit dem Computer. Die Küche oder die Küchenzeile mit dem Gasherd und einem Kühlschrank war übrigens im Treppenhaus. Da war ausreichend Platz."

„Gegenüber dem gemeinschaftlich genutztem Speisezimmer lag der Salon, der aber zur der Zeit als Julie kam, renoviert wurde. Auch der Salon hatte zwei große Terrassentüren, wie überhaupt alle Zimmer solche großen Flügeltüren besaßen, und er war früher unser Familienzimmer an Sonntagen. Hier hatte Papa seinen Schreibtisch und hier empfing er seine Gäste. Dafür hatte er ein eigenes Cabinet mit verschiedenen Getränken, eine Bar, die sehr nobel aussah. Über dem Salon war mein Zimmer, ein großer Raum, denn die Zwischenwand zu Chloés Zimmer hatten wir entfernt. Gegenüber war das Zimmer von Maman, ihr altes und neues Schlafzimmer und über beiden Zimmern war der Dachboden oder die Mansarde, die aber noch nicht vollständig ausgebaut war."

„Mon Seigneur -, Sie müssten das gesehen haben! Es war eine eigene Welt für sich. Wirklich märchenhaft. Maman führte Julie durch das Haus und zur Mansarde, in welcher wir ein gemütliches Quartier hergerichtet hatten. Ja, wir hatten ein orientalisches Paradies in unserer Mansarde aufgebaut, ein Zelt, wie es die Nomaden im Orient verwenden."

„Die Idee mit dem orientalischen Zelt war eine sehr praktische und bezaubernde Alternative. In dem bunten Zelt stand ein französisches Bett, ein Grand Lit, mit einer farbenfrohen Tagesdecke und mehreren Kissen. Ein Sessel, ein Fauteuil stand an der Seite,

eine verzierte Kommode, die ich aus dem Salon nach oben gebracht hatte und eine Liege mit samtweichem Bezug standen an
der gegenüberliegenden Wand. Die Decke des Zeltes war mit seidenen Chiffons behängt, die sich bis über die Wände zogen und
auch im Eingangsbereich hatte ich durchsichtige schwarze Da-
maste befestigt. Ich kam gerade die Treppe hoch und in die Mansarde, als Maman über die ganze Einrichtung schwärmte und
meinte, sie würde selbst am liebsten hier einziehen."

„Ah, Pierre, da bist du ja! Voila, darf ich vorstellen, Mademoi-
selle Julie," sagte Maman.

Pierre sog wieder an der Zigarette, blies den Rauch aus und
trank aus seinem Glas. Er schaute etwas länger auf die klimmende
Zigarette und beobachtete den aufsteigenden Rauch.

„Sie müssen wissen, dass ich nach Julies Ankunft vorerst in
meinem Versteck geblieben war. Ich beobachtete Julie, wie sie sich
streckte, wie sie ihre Hose zurecht zog, nach unten aus dem
Schritt zog, wie sie die rote Windjacke vollständig öffnete, ihre
blaue, weiß betupfte Bluse zurecht rückte und die Träger ihres
Büstenhalters straffte. Sie warf ihre langen, schwarzen Haare nach
hinten, wischte sich mit den Fingern über die Augen und die geröteten Wangen, um den Staub der Straße abzustreichen und begann das Eingangsschild mit den Hinweisen zu studieren. Natürlich kam ich mir wie ein Voyeur vor, aber tatsächlich hatte ich
nicht die Courage hervorzutreten und sie in Empfang zu nehmen.
Vielleicht war es auch so etwas wie Panik oder eine Aufgeregt-
heit, die in mir aufkam und mich lähmte. Vielleicht wollte ich
auch das Bild nicht stören, das sich mir anbot. Es ist schon lange
her aber dennoch eindringlich in meinen Erinnerungen. Es war
keine sexuelle Stimulation, so erinnere ich mich an die Szene, son-

dern der befriedigende Anblick eines Naturschauspiels, der wohltuende Augenschein ihrer natürlichen Schönheit, der Konturen und Couleurs vor diesem grünen Vorhang der Natur. Ein Aufleuchten, ein lichter werden, ja alles wurde zu einem harmonischen Spiel meiner Sinne. Die Buchen standen kraftstrotzend auf einem kleinen Wall, auf welchem ihre bemoosten Wurzeln den sanften Hügel überzogen. Die zarten Gräser, welche die Zwischenräume der ausgestreckten Seitenwurzeln ausfüllten, die Kräuter, all die Pflanzen, die sich um die Bäume und hinter den Bäumen aufreihten, zeugten von Frische und Fruchtbarkeit. Es war eine perfekte Inszenierung. Das Ineinanderfließen ihres Körpers mit der Symphonie von Pflanzen, die sie umgab. Es war eine Lust ihr zuzusehen, wie sie mit ihren Händen die Haare bewegte, mit ihrem Finger die Nase berührte, sich beugte, um interessiert die kleinere Schrift auf der Hinweistafel zu lesen. Welch ein Entzücken jede ihrer Bewegungen in mir auslöste, wie die Konturen ihres Körpers ein inneres Behagen bereiteten. Es war eine Befriedigung sinnlicher Freuden. Ich glitt ab in einen meiner Tagträume, der sich nach und nach mit den Vorahnungen oder mit den Vorgefühlen, den unerlaubten Begierden vermischte. Es war ein natürlicher Reiz, - Mon Seigneur -, wie ich schon sagte -, eine Anziehungskraft, die sie ausstrahlte, die ich spürte und doch nicht spüren durfte oder wollte."

„Und dann war es zu spät. Maman erschien, umarmte sie liebevoll und wies ihr den Weg in den Hain. Ich blieb noch einige Zeit stehen und versuchte meine Gefühle zu benennen, meine Emotionen einzuordnen und die Reize zu analysieren, die durch meinen Körper, durch meine Blutbahnen und vor allem durch meinen Kopf gegangen waren. Es war nicht einfach diese Gefühle in mein Bewusstsein zu bringen, zu vielschichtig sind unsere Gedankengänge, ist die Psychologie, ist der moralische Verstand, ist der Ablauf menschlicher Erkenntnisse und Einsichten. Wie schwierig ist die Analyse, ist das Nachdenken über die Gefühle, die Erregungen, - ihre Ursachen und ihre Folgen oder Konsequenzen zu benennen. Zu vielschichtig ist das verflochtene Mycel, ist das Netz der Natur, sind wir mit Handlungsweisen, mit den Mechanismen unseres Handelns, mit bewussten und unbewussten Verhaltensweisen konfrontiert. Sind es die Gedanken, die unseren Körper steuern? Oder ist es unser Körper oder die Bedürfnisse des Körpers, die unser Denken lenken?"

Wieder hielt Pierre in seiner Erzählung an, nippte an dem Glas Wein und rauchte die Zigarette zu Ende. Er schaute durch den Raum, als würde er etwas suchen, überhaupt schienen seine Augen nie sehr lange auf einem Punkt zu weilen. Der Blick auf das Weinglas und zu mir waren wohl die häufigsten Augenspiele. Im Nachhinein erschien es mir doch so, als wäre er nicht ganz anwesend, als wäre er in Gedanken an einem anderen Ort oder die Gedanken sprangen von hier nach da oder waren zeitlich divergent. Aber vielleicht war er einfach so, vielleicht war das Pierre und seine Welt der Gedanken und Erzählungen.

„Mon Seigneur -, lassen Sie mich noch etwas auf unseren Garten, auf unsere Anlagen eingehen! Unser formidabler Garten beherbergte auch einen Gemüsegarten, le Potager und eine Kräuteranlage, den Jardin d'herbes, deren Erträge wir für unsere eigene Küche verwendeten. Der Gemüsegarten war naturellement die arbeitsintensivste Anpflanzung. Um sie mussten wir uns täglich kümmern. In einer Ecke hatten wir mehrjährige Gemüsesorten, wie Rhabarber, Wilde Rauke, Bärlauch, Meerrettich, Ewiger Kohl oder Topinambur, eine nicht so bekannte Pflanze, die im Herbst wunderschöne, sonnenblumige Blüten hervorbrachte und deren Wurzelknollen wir wie Kartoffel zubereiteten oder in Salate hobelten. Die hohen Pflanzen waren auch eine wunderbare Abgrenzung zu den anderen Gemüsesorten, deren verschiedenste Grünfärbungen und Formen sich wie ein Quilt oder eine Patchwork

Decke davor ausbreiteten. Andere Pflanzen säten sich selbst aus oder trieben jedes Jahr neu, dennoch mussten wir auch diese Sorten überwachen und pflegen. Immer wieder galt es Schädlinge, wie Schnecken oder Raupen fernzuhalten. Manchmal nagten Würmer die Wurzeln oder Knollen von unten an. Aber durch die Pflege der Beete und die Kombination der verschiedenen Pflanzen hatten wir eine recht stabile und harmonische Familie zusammengestellt. Der Boden wurde nur gemulcht und mit Kompost und Blättern aus dem eigenen Garten bedeckt. Zwischen den hochwachsenden Pflanzen kamen jedes Jahr Bodendecker, wie die Kapuzinerkresse hervor, die sich selbst aussäte, deren wunderschöne Blüten die Beete zierte, die sehr lecker nach Pfeffer schmeckten und dessen Blätter wir auch im Salat verwendeten. Mit den Tomaten, Salaten, dem reichlich früchtetragenden Zucchini, die wir teils auch verkauften, den Radieschen, dem Rucola, dem Pflücksalat, den Kartoffeln, Kürbis, Blumenkohl, Artischocken, Radicchio oder Chicorée und den zeitweilig exotischen Pflanzen, mit denen wir experimentierten, war unser Gemüsegarten die Speisekammer Gottes."

„Der Kräutergarten indes brauchte weniger Pflege, er war leichter zu kultivieren. Nach den Vorlagen der Klostergärten gestalteten wir die Reihen und Parzellen und erweiterten die Fläche durch eine Kräuterspirale und Tontöpfe, Pflanzampeln, Kisten oder andere leere Gefäße, die wir mit Erde füllten und einsäten oder bepflanzten. Er war ein Sammelsurium an Odeurs, Formen und Farben, ein Kaleidoskop, ein Bouquet, ein Feuerwerk für die Sinne. Die mehrjährigen Kräuter bildeten die Grenze zum Beet. Fenchel, Lavendel und Salbei zierten die Ränder. Minze, Zitronenmelisse, Bärlauch, der auch in manchem Dickicht wild sich ausgebreitet hatte, Ysop, Kerbel, Borretsch, Bibernelle, Majoran und viele andere bildeten die Nachhut, die sich von den frischen Kräutern Petersilie, Schnittlauch, Dill oder auch Koriander, Thymian und Rosmarin abgrenzten und bis zur Grundmauer des Hauses reichten, an dessen Wand die urigen Holzkisten, Körbe oder Gläser standen. An manchen Tagen drang der Duft, zogen die Aromen durch die geöffneten Fenster und belebten unsere Sinne, berauschten die Lustgefühle und schärften die Instinkte. In der ein oder anderen Rabatte, in dem ein oder anderen Blumenbeet verbargen wir bunte, blühende, aromatische Kräuter, die den Beschauer mit ihren wohlriechenden Düften überraschten. Und selbst Urtica, die Brennnessel, die ein Auskommen im Schatten der Holzscheune hatte, erstaunte die Besucher und war doch wegen ihrer Vielfalt der Nützlichkeiten als Heil- und Gewürzpflanze, als Wohnraum und Biotop für heimische Falter ein wichtiger und nützlicher Bewohner."

„Die Arbeit im Garten war mir eine Freude, war mir ein Seelenheil. Aber denken Sie nicht, - Mon Seigneur -, dass die Arbeit immer einfach war. Es ist doch die Natur, die immer wieder ihre Forderungen stellt. La nature est le roi dans le jardin. Es ist die Natur, die herrscht, wenn wir den Garten nicht pflegen, es ist die Natur, die die Regie übernimmt und uns das Zepter aus der Hand nimmt!"

„Auch Julie wandelte die ersten Tage träumerisch durch den Garten der Sinne und begeisterte sich an den vielen Melangen, den Kompositionen und der Vielfalt der möglichen Arrangements. Es war ein wilder Ort dessen Harmonie sich ihr erst langsam offenbarte."

Pierre hielt inne und stützte seinen Kopf auf beide Arme. Mit den Fingern rieb er sich die Schläfen und schaute auf das Glas Wein. Mit geschlossenen Augen begann er zu sprechen.

„Der Garten, er war ein wunderbarer Ort für mich. Pardon, wenn ich mich zu sehr darüber auslasse. Vielleicht lenke ich mich selbst von dem ab, was ich Ihnen doch erzählen will."

„Julie. Entschuldigung. Es ist merkwürdig, aber ich habe Hemmungen über sie zu sprechen. Vielleicht ist mir das alles doch sehr unangenehm. Manchmal ist es nicht leicht über seine Gefühle zu sprechen, - mais non -, es ist sogar sehr schwer. Zumal diese Gefühle oder Emotionen sehr intim sein können. Aber was wäre die Welt ohne die Gefühle und was wäre die Welt ohne die Liebe? Es gibt wohl keinen Menschen, der nicht von ihr berührt wurde und nicht davon erzählen könnte. Den meisten Menschen gibt sie Kraft und die Liebe trägt ihre Früchte, auch wenn die verschlungenen Wege des Begehrens manchmal nicht so erkenntlich sind und so mancher Pfad von Ästen und Stöcken überwachsen ist. So wie man die Wege in unserem Garten frei halten muss, die Beete für gesundes Wachstum reinigen, düngen und bearbeiten muss, damit die Pflanzen zur Blüte kommen, so muss der Mensch auch in der Liebe seine Wege finden, muss sie pflegen und muss die Gartenstücke bearbeiten, muss handeln und tun, damit die verschiedenen Lieben blühen können. Der natürliche Zauber, der in unserem Garten wirkte, ist letztendlich auch die Kraft der Liebe. Die Blüte ist die Liebe, die ihren Zauber entfacht. Es sind die Triebe, die Instinkte, es sind die Reize und ihre Herausforderungen, die die Motoren allen Begehrens und aller Begierde sind. Der natürliche Erhaltungstrieb, welcher die Fortpflanzung der Menschen und aller Lebewesen bedingt. Jegliche Entwicklung ist darauf ausgerichtet, das Locken und das Verlocken, es ist die Schönheit und die Vielfalt, der Eros, die Liebeskunst, es sind alle Knospen und Blüten, die Tänze und Verführungen, alle die Farbenspiele und Varianten der Liebe, all das Tun, alles Schalten und Walten, alles Gehabe, das Balzen und Walzen, es ist nur für unseren Erhalt gedacht, nur damit das Erbe, weiter gegeben werden kann, die Art erhalten werden kann. Alles Leben, all das was Leben bedingt und erhält, und auch die Liebe kommen aus dem Laboratorium der Natur. Leben erhalten und vermehren."

Ich räusperte mich und unterbrach seinen Redefluss. Mir kamen einige kritische Gedanken. Auch wenn er für seinen Garten sprach, dass alle Pflanzen sich vermehren wollen, dass auch die Tiere ihren natürlichen Instinkten folgten, konnte ich nicht akzeptieren, dass auch wir Menschen, dass auch der Menschen nur diesen biologischen Gesetzen willenlos unterworfen wäre. Schließlich gab und gibt es Menschen, die bewusst auf Nachwuchs verzichten, die sich Gedanken über Familienplanung machen. Selbst ganze Nationen erlassen Gesetze, die das Bevölkerungswachstum begrenzen oder fördern. Ja, natürlich, wer sich verliebt, lebt zunächst im siebten Himmel, ist berauscht und vor Liebe blind. Das alles ist schon so oft beschrieben, schon in Poesie, in Literatur, Musik und Kunst verarbeitet worden. Der Mensch wird doch heute von der Vernunft gelenkt. Der Mensch macht sich doch heute Gedanken über die Zukunft. Die Menschen planen. Sie planen ihre Familie, sie planen ihren Beruf. Der Mensch ist rational und nicht das Opfer seiner Triebe. Und dann Laboratorium, nur Chemie! Ja, die Organismen, alles Leben wird aus biochemischen Molekülen aufgebaut, die Steuerung der Organismen basiert auf chemischen Veränderungen, Entladungen, auch aus der Bildung und Regulation der Hormone, den Glückshormonen, dem Dopamin, dem Oxytozin, den Testosteron und all den Gegenspielern und alles funktioniert und basiert auf chemisch, physikalischen Fakten. Und auch wenn meine Gedanken, mein Bewusstsein aus chemischen oder elektrischen Prozessen entstehen, ist es dennoch mein Bewusstsein, sind es meine Gedanken und bin ich es, der für sein Handeln verantwortlich ist. Und so ist uns auch die Liebe bewusst, ist das Verliebtsein ein Teil unseres Lebens, so wie viele andere Lebensphasen, - die Entwicklung des Kindes, das Sprechen lernt, das Laufen lernt. Dass wir uns ernähren müssen und wie wir uns gegenüber anderen Menschen verhalten. Das ganze soziale Gefüge müssen wir erlernen und lernen es in unserer Kindheit, in der Jugend und wohl noch fortlaufend jeden Tag. Es gibt diese Lernprozesse und Lebensphasen, die unterschiedlichen

Entwicklungsstufen in unserem Leben. Die Kindheit, die Jugend, wie die Pubertät, die Volljährigkeit, die Phase als Eltern, die Schulung, die Erziehung und auch das Altern muss gelernt werden. Ja, selbstverständlich spielen die Hormone dabei ein wichtige, wenn nicht sogar die entscheidende Rolle, aber trotzdem sind wir uns dessen bewusst.

Pierre hörte meinen Ausführungen und Bedenken zu und fuhr in seiner Erzählung fort.

„Oh, ich weiß nicht, ob sich jeder der Zeiten und Handlungen in der Pubertät bewusst ist, welch abenteuerliche Verhalten sich dabei entfalten. Nicht immer denken wir an unsere inneren Triebwerke, wenn wir plötzlich Wut oder Ärger verspüren. Wer denkt an Hormone, wenn sich die Kinder von den Eltern abnabeln wollen oder müssen. Und sind die Eltern sich der Beziehung zu ihren Kindern immer bewusst? Sind wir uns ständig der Gefühle bewusst, die in und auf uns wirken? Wissen Sie zu jeder Zeit, woher die Angst kommt, warum Sie Mitleid haben, Hass oder Trauer in sich tragen? Wäre es nicht viel leichter für uns, wenn wir diese Gefühle besser verstehen oder ihre Wirkungen analysieren könnten, lernen sie zu lenken oder zu vermeiden, wenn wir die körperlichen Ursachen, wenn wir ihre Chemie verstehen würden? Und Sie sprechen von kontrollierter Lust und von der vernünftigen Liebe?"

„Aber sicher, - Mon Seigneur -, haben auch Sie davon gehört, haben auch Sie darüber gelesen, dass die Liebe, dass diese Emotionen, selbst den vernünftigsten Menschen den Verstand geraubt haben. Ich erinnere Sie an Ihren Goethe, dessen Werther sein Leben wegen unerfüllter Liebe beendet, ich erinnere Sie an den „Blauen Engel" mit Marlene Dietrich, ich erinnere Sie an Politiker, selbst Priester oder einflussreiche Personen des öffentlichen Lebens, die mit beiden Beinen fest im Leben standen, rational handelten und die der Liebe und der Lust verfielen und bedeutungslos endeten. Für alle Menschen ist die Liebe der Anfang einer persönlichen Bindung, sie bedingt, dass wir zusammen kommen, dass sich Paare bilden und Sie haben recht, die meisten Menschen folgen der Vernunft oder den wirtschaftlichen Möglichkeiten, haben persönliche Wünsche oder Pläne, wenn es um ihre Zukunft in einer Familie geht. Aber es ist die Liebe, es sind die inneren Triebe, es ist das menschliche, das natürliche Bestreben sich zu vermehren, die sexuelle Regung, die in uns liegt, wie das Herz, das uns am Leben erhält, wie die Lunge, die uns atmen lässt und wie unser Verstand, der uns denken lässt. Dieses Verlangen, geschmückt von allerlei Zauber, von romantischer Liebe, von dichterischen Erfindungen, von angeberischem Gehabe, steckt in uns und ist ein Teil unserer Natur. Der Zustand der Liebe ist wie eine Sucht, die befriedigt werden muss. Und dann kommt es vor, dass wir diese Sucht nicht kontrollieren können, sie uns wütend macht, dass die Hormone verrücktspielen, dass wir tatsächlich unseren Verstand verlieren, unsere Vernunft einbüßen, dass unser inneres Gleichgewicht, die Homöostase zerstört wird und wir Dinge tun, die außerhalb unserer Kontrolle liegen. Vielleicht haben auch Sie schon verrückte Dinge aus Liebe getan, haben die Welt auf den Kopf gestellt. Doch wenn die Liebe zur Verzweiflung wird, wenn verschmähte Liebe und Zurückweisung zu Wut und Hass, wenn Eifersucht und Enttäuschung selbst zu paranoiden Verhalten führen, dann sind wir auch zu schrecklicheren Dingen fähig, dann ist der Mensch auch zum Töten im Stande. Wie viele Morde wurden schon aus Leidenschaft getan? - Pardon Mon Seigneur -, ich kann es Ihnen hier berichten, wie die arme Seele leidet. Auch ich habe in meinem Inneren den Kampf gefochten und verloren. Welch ein Tumult in meinen Gedanken, welch ein Auf und Ab, eine Wirrnis in meinen Gefühlen. Auch meine Liebe wurde zur Quelle meines Elendes, konnte ich diese Not meinem Herzen nicht ersparen. Ich war selbst den Strömen und Wallungen meines Körpers hilflos ausgesetzt. Aber lassen Sie mich weiter berichten. Hören Sie meine Geschichte zu Ende und dann urteilen Sie über mich."

„Julie kam mit einem Roller, wie ich schon sagte, eine Tatsache, die mit Sicherheit meine Begeisterung für sie verstärkte. Wie sportlich sie damit wirkte, wie unabhängig und souverän. Dieses Gefühl oder diese Lebensfreude, diese Jugend und Freiheit, die sie damit ausstrahlte, betörten mich. Die Amazone auf dem Weg in ihr Herrschaftsgebiet, in den Garten der Abenteuer, an den Fluss des Lebens, um die Herausforderungen anzunehmen, die hier auf sie warteten. Der schlanke, kräftige Körper, die Eleganz der Bewegungen, die schwarzen Haare, die unter ihrem Helm aufwallten und dann im Sonnenlicht glänzten. Der fordernde, forschende Blick ihrer braunen Augen, die Neugierde, die von ihrem Antlitz ging, fesselten mich. Und dennoch dieses durch und durch auftretende, mädchenhafte Wesen, welches man beschützen wollte, für das man sorgen möchte."

„Ihren roten Motorroller stellten wir in den alten Ziegenstall, den wir auch als Werkstatt und für unsere Fahrräder benutzten. Die wenigen Kleider und persönlichen Sachen waren in einen Rucksack verpackt, den sie in dem schwarzen Kofferraumkasten transportierte. Der Rucksack war ein ständiger Begleiter, der auch auf Ausflügen und Wanderungen sehr nützlich war. Bettwäsche und Handtücher bekam sie von Murielle und auch für die Arbeit waren noch Stiefel und Jacken und andere Kleidungsstücke vorhanden, die sich über die Jahre angesammelt hatten und unter der Treppe oder im Geräteschuppen lagerten. Von Chloé hingen noch einige Sachen in einem Schrank, der auf der gegenüberliegenden Seite der Mansarde aufgestellt war. Ich half ihr den Rucksack hochzutragen und zeigte ihr die Toilette und das Badezimmer, das zwischen meinem und Mamans Zimmer im hinteren Teil der Diele lag. Es gab nur eine Dusche und wir mussten uns das Bad zu dritt teilen, aber jeder benutzte einen Kulturbeutel, so dass sich nicht allzu viele Utensilien im Bad ansammelten. Am alten Stall war zusätzlich eine Toilette für Besucher eingerichtet worden, die wir auch benutzen konnten."

„Ich erklärte und erklärte und redete und redete und ließ sie gar nicht zu Wort kommen, so hatte ich mich voll Überschwang auf meine Rolle als Gastgeber eingespielt, wies sie auf die ein oder andere Nachlässigkeit im Badezimmer hin, auf knarrende Dielen, die Handhabung der Dusche, der manchmal klemmende Verschluss der Toilette. Zeigte ihr, wo sie ihre Wäsche waschen und an der Schnur in der Mansarde aufhängen konnte. Ich erzählte von meiner Schwester, von Papa und unserem kleinen Städtchen, von der Landwirtschaft und den Nachbarn, von der nahegelegenen Küste und den Bademöglichkeiten und wollte gar nicht mehr stoppen, so drängte es mich ihr nahe zu kommen, ihr nahe zu sein, um ihre Augen, ihre Nase, ihre langen dunklen Haare, ihre Wangen und Schultern zu verinnerlichen, ihren Geruch zu verspüren, in ihrer Wärme, in ihrer Aura zu stehen. Sie war der Magnet, der mich anzog."

Pierre schmunzelte und fuhr fort:

„Julie schaute mich an, lächelte und blinzelte mit den Augen. „Vielen Dank, Pierre," sagte sie, „aber ich müsste jetzt dringt auf Toilette." „Oh, mon Dieu," sagte ich, „pardon, ich rede und rede, entschuldige, wir warten dann unten auf dich zum Dîner. Murielle wird sich auch schon wundern. Du weißt ja jetzt, wo das Bad ist. Pardon," sagte ich und zog mich diskret und mit rotem Kopf zurück."

„Die Mahlzeiten waren eine sehr wichtige Angelegenheit in unserer kleinen Familie. Aber das werden Sie auch schon bemerkt haben, dass wir auf das Abendessen oder überhaupt auf das Essen großen Wert legen, obwohl dies in der schnelllebigen Zeit sich

leider ändert. Damals besprachen wir beim Frühstück den Spei-
seplan für den Tag, schauten vorher im Kühlschrank und Schrän-
ken nach, was noch vorhanden war. Zum Frühstück gab es Müsli
oder auch nur ein Toast mit Honig oder mit selbstgemachter Mar-
melade. Die Arbeiten des Tages wurden eingeteilt, Probleme diskutiert und auch über die letzten Tage oder Ereignisse wurde der
ein oder andere Gedanke geäußert, eine lustige Anekdote wieder-
holt und oft waren es die Touristen, die uns zum Schmunzeln
brachten, oder ein exotischer Besucher, ein begeisterter Botaniker,
der sich in stundenlange Fachgespräche verlor. Gefühlte Stunden.
Mittags gab es ein kleines Lunch, das sich jeder oft selbst zuberei-
tete, je nach Lust oder Arbeitsplan, und gegessen wurde was vom
Vortag noch übrig geblieben war. Aber das Dîner war essenziell,
das Abendessen war uns heilig. Natürlich wechselten wir uns
beim Kochen ab, aber Maman war selbstverständlich öfter in der
Küche als ich. Sie hatte mehr Erfahrung. Dafür war ich erfinde-
risch mit den Lebensmitteln, die uns zur Verfügung standen und
hatte Maman schon oft mit Kreationen überrascht, die ich aus den
Resten der letzten Tage zusammenfügte. Sogar wenn es nur Spei-
sereste gab oder eine Dose Fisch mit Brot oder Käse, weil wir den
Einkauf vernachlässigt hatten oder der Garten nur wenig zu bieten hatte, gestallten wir ein Festmahl daraus. Wir legten das gute
Porzellan und Besteck aus, dekorierten die Speisen, hatten eine
Karaffe für Wasser und entsprechende Gläser und eine Flasche
Rotwein zum Abendessen. Diesen Luxus, dieses Ritual ließen wir
uns nicht nehmen. Es war der Ausklang für den Tag, der Höhe-
punkt oder die Belohnung für das Tagewerk, ein Lob an das Leben und eine Stimulation für unsere Sinne. Es war unser kleines
tägliches Fest, an dem sich Julie von nun an beteiligen sollte. Auch
sie überraschte uns mit ihren kulinarischen Offerten, die oft sehr
einfach gestaltet waren, welche aber mit unterschiedlichen Ge-
würzen eine erstaunliche Vielfalt der Gaumenfreuden ent-
flammte. Schon während der Zubereitung der Speisen saßen wir

in der Küche, tranken unseren ersten Aperitif aus einem Wein-schlauch, einem günstigen, dennoch guten Rotwein und bespra-chen das Essen, sprachen über verronnene kulinarische Erleb-nisse, oder über den vergangenen Tag, die Arbeit im Garten, die Begegnungen mit den Gästen, oder das eine oder andere High-light, über Politik und Geschichte, über Mode und Kultur, - kurz, wir sprachen über alles das, worüber Menschen sich unterhalten, über all die Dinge, welche uns in dieser aufgeheiterten und ani-mierten Atmosphäre in den Sinn kamen. An diesem Abend, un-serem ersten Abend mit Julie, gab es Ratatouille mit Früchten aus unserem Garten, daran kann ich mich gut erinnern und ich werde es wohl nie vergessen. Dazu gab es einen Rotwein mit besonders weicher, harmonischer, und mit samtig-lieblicher Note und der Abend gehörte Julie, die uns über ihr Leben, ihre Familie und ihre Heimat berichtete."

„Ich beobachtete Julie. Nein, das ist das falsche Wort. Ich saß da und ließ mich von ihr verzaubern. Es war eine Wonne, eine Glückseligkeit sie zu sehen, sich an ihrem Anblick zu ergötzen. Auch wenn meine Gesten auf Interesse oder auf Neugierde deu-teten, meine Nachfragen Beachtung fanden und ich mit Ge-spanntheit ihren Ausführungen folgte, waren meine verborgenen Gedanken, war meine Seele, war mein Herz voller Hingabe, vol-ler Gefallen und Leidenschaft. Es war eine angenehme Wärme, eine Erregung und ein Enthusiasmus, eine Flamme, ein Feuer, das in mir brannte. Ich war animiert und fasziniert, ich war belebt, entzückt, verwirrt, nein bebend und gleichzeitig verlegen, ange-spannt, - Oh Mon Seigneur, - es sind Empfindungen, die ich mit Worten hier gerne wiedergeben möchte, und doch wären der Worte nicht genug oder könnten es nicht wahrhaft sagen. Es war ein Tumult in meinem aufwallenden Blut, welches mich anfachte und mich schillernd berauschte. Ich hatte mich in Julie verliebt.

Nur war mir das Wort Liebe für meine Emotionen nicht bewusst. Nicht an diesem Abend."

„Schon während des Eintretens ins Zimmer war ich von ihren Bewegungen hingerissen. Noch heute ist mir ihr Anblick in ihrer oben offenen, weißen Bluse, sind mir ihre sportlich, eleganten Jeans, ist mir ihre ganze Aura in unserer Stube gegenwärtig. Wie sie durch das Zimmer wandelt, die verschiedenen Bilder betrachtet, neugierig die Bücher inspiziert und die ein oder andere Frage stellt. Ich könnte noch heute weinen vor Glück, wenn ich sie vor mir sehe. Wie sie beim Essen bedächtig die Gabel mit der warmen Speise zum Mund führte, wie sich ihre weichen, roten Lippen öffneten und sie die Zucchini behutsam aufnahmen, als sich die Aubergine auf ihre Zunge legte, die sich in ihrem Mund auflöste, als ein Schluck Rotwein ihren Mund umwog, spürte auch ich den Geschmack, spürte auch ich die Konsistenz und schmeckte die Würzung. Wir toasten uns zu und ich fühlte die Blume des Weines, der sich samtig um meine Zunge legte, den Geschmackssinn erregte und dessen rote Farbe ihre Lippen färbte. So erlebten meine Sinne diesen Moment, so sahen verklärt meine Augen, war ein Wohlklang in allen Tönen, kitzelte der Gaumen, lag der Duft von Feierlichkeit in der Luft, so wurde ich Julie gewahr. Meine Augen sahen ihre vollen, langen, schwarzen Haare, die einen leichten blauen Schimmer hatten. Ich sah einzelne Strähnen, einzelne Haare, die im Licht schimmerten, wie sie sich weich über die offenen Schultern legten, ihr ebenmäßiges, ungeschminktes Gesicht abrundeten und zum Ende hin leichte Wellen bildeten. Mit dem Zeigefinger schob sie ab und zu einzelne Strähnen hinter die Ohren, welche aber dort nicht lange verweilten und mit jedem Lachen, mit jeder Bekräftigung pointierter Worte wieder nach vorne fielen. Dann lachten und leuchteten auch ihre dunkelbraunen Augen, was mich glücklich stimmte."

„Augen, - Mon Seigneur -, die aber auch in gedankenverlorene Blicke schwangen oder ein wenig traurig wirkten. Nachdenklich, wenn sie über ihre Eltern sprach. Der Vater, ein Patriarch und Despot. Ihre Mutter, die unter dem Tyrannen litt, die sich in dem Haus in der Nähe von Paris eingesperrt fühlte. Auch wenn er seine Tochter vergötterte, kontrollierte er doch ihre Schritte, machte ihr Vorbehalte und schränkte ihr Leben ein. „Wir fühlten uns beide, wie Gefangene," sagte sie, „und meine Mutter und ich beäugten den Vater kritisch und misstrauisch. Wir waren in dieser Beziehung ein verschworenes Paar." Julie wollte weg von Zuhause. Deshalb hatte sie ihre Ausbildung noch nicht abgeschlossen. Mit der Stelle in unserem Garten der Sinne und der Liebe wollte sie ihre Freiheit wieder finden, aber die Mutter, das Schicksal der Mutter machte ihr Sorgen. Mon Dieu -, die Ärmste! Was sie erlebt hatte!"

„Die väterliche Liebe erdrückte sie. Nicht in ihrer Kindheit natürlich, da waren seine Späße und Anordnungen arglos, damals waren ihr die Einschüchterungen nicht bewusst, war ihr das krankhafte Verhalten nicht gewahr, aber als sie älter wurde, als sie mit Freundinnen sich treffen wollte, sich amüsieren wollte, oder nur einen Spaziergang im Park von Versailles unternahm, der sich nicht allzu weit von ihrem kleinen Einfamilienhäuschen befand, lag ihr der Vater ständig in den Ohren und mahnte und verbot. Es war auch der Park und der Garten, der Jardin des Château de Versailles, der sie tröstete, der ihr Mut gab und der sie aufbaute, sie rekonvaleszierte. Es waren die Pflanzen, die Blumen, die Büsche und Bäume, die sie besänftigten und stärkten. Die Strukturen der Anlagen, das geometrische Muster und die harmonischen Spiegel der Wasseranlagen, die Ordnung in ihre Gedanken brachte. Es war die Schönheit der Natur, die ihr das Leben erträglich werden ließ und es war die Natur und der Garten, welche ihre Entscheidung bestärkten Gärtnerin zu werden. Das hat sie uns alles an diesem Abend erzählt. Maman und ich spürten, wie sie sich die Last von den Schultern redete."

„Kann man das noch Liebe nennen, - Mon Seigneur -, wenn ein Ehemann, wenn ein Vater so besitzergreifend ist? Welche Liebe sperrt seine Liebste ein, kontrolliert sie und überwacht ihre Handlungen? Ist diese Liebe nicht einengend, eine ungesunde, bedrängende Kraft? Ist es die Eifersucht? Ein Instinkt, der das Männliche potenziert, es anschwellen lässt und jeden geahnten oder befürchteten Nebenbuhler ausschalten will? Auch ich kenne die Eifersucht, kenne das Gefühl oder hegte die Gedanken eines betrogenen Mannes. Ist das nicht auch menschlich und natürlich? Doch Tyrannei, Einsperren und Bewachen? Das ist ein abnormes gesellschaftliches Verhalten, bizarr und pervers! Ein narzisstisch Perverser, der ihre Mutter tyrannisierte, intimidierte, sie manipulierte und decouragierte, der seine Tochter kontrollierte."

„Julie war noch sehr verängstigt, ich konnte es spüren, während sie darüber sprach. Es wäre ihr gelungen den Absprung zu schaffen, sie hoffte es jedenfalls. Sie musste aus dem Wirkkreis ihres Vaters heraus und deshalb habe sie diese Position in unserem Schaugarten angenommen. Dabei strich sie mit dem Zeigefinger sichtlich nervös über ihre Augenbraue und nach unten, so als wollte sie eine ankommende Träne abwischen und es gab nur ein Gefühl von Unschuld und Leid und Fürsorge, das mich umschlich und ich nicht wusste was ich sagen sollte. Meine Gefühle und Gedanken nahmen einen anderen Verlauf. Die Gedanken über ihren Vater, sein Verhalten, das Verhalten der Männer, der Herren, der Patrone und Gebieter schlich sich in mein Bewusstsein. Die Position der Frauen in unserer Gesellschaft kam mir in den Sinn. Mein Vater und all die Verwandten und Bekannten und ihre Familien kamen mir in den Sinn."

„Meine Maman schaute sie bedächtig an und sagte: „Männer!"

„Auch mein Vater, Jaques Dernière war ein Patriarch, aber er war kein Tyrann. Die Männer hatten schon seit Jahrhunderten das Sagen und auch heute noch dominieren sie das gesellschaftliche

Geschehen. Frauen, auch in unserem Land oder besonders in unserem Land, werden von den Männern idealisiert und als attraktive, modebewusste Superfrauen stilisiert, die sexy sind und Karriere, Kinder und Familie absolut souverän managen, solange die Madam nicht die Hosen anzieht und dirigieren will. Zuhause und mit den Kindern soll sie perfekt sein, dem Mann an seiner Seite stehen, in Liebe und Beruf virtuos sein, aber nicht eigenständig. Sogar die Frauen selbst, oder doch ein großer Teil von ihnen, haben diese Rolle übernommen, wollen perfekt sein in diesem gesellschaftlichen Dasein, spielen das scheinbar alternativlose Spiel, das die Gesellschaft, das die Werbung, das Film und Fernsehen und viele andere Medien und Institutionen uns bewusst oder unbewusst vorspielen oder sollte ich sagen vortäuschen. Alle Versuche und Ansätze, alle Bemühungen der Aufklärung, auch wenn das Thema Emanzipation in der Gesellschaft hitzig diskutiert wurde, hatten keine Erfolge, keine Änderungen bisher bewirkt. Politik und Gesellschaft blieben und bleiben tatenlos. Die Arbeitswelt bleibt, wie sie ist. Der persönliche Erfolg ist wichtig, die Gewinnmaximierung ist wichtig, der Gewinn bestimmt die Kultur. Es ist das scheinbar unbewusste, soziale, natürliche System, es ist das von Gott gegebene Patriachat, welches das menschliche Verhalten dirigiert, das in allen Facetten der menschlichen Kommunikation verbreitet wird und unser Leben bestimmt. In der Familie ist die Frau erst Mutter und dann Mensch. Auch wenn die jungen Frauen heute anders denken, sind die Strukturen so geschaffen, sind die sozialen Vorbilder festgefügt und nur schwer zu ändern. Mit schlechtem Gewissen gehen die Frauen nach der Geburt ihrer Kinder wieder an die Arbeit oder arbeiten Teilzeit, was der Karriere schadet. Kinderlose Frauen werden vorwurfsvoll beäugt."

„Die hohen Geburtenraten sind zu einer Obsession französischer Familienpolitik geworden. Mehr Nachwuchs, mehr Kinder ist das Gebot, zu dem schon seit sehr langer Zeit angehalten wird und deshalb Familien mit Kindern begünstigt werden. Familie ist die heilige Institution in unserer Gesellschaft, sie wird seit vielen Jahrhunderten als Leitbild in der Kirche propagiert, sie ist das wichtigste Element des Staates. Familie, alles dreht sich um die Familie, sie ist das A und O, unsere tägliche Lebensanschauung."

„Maman erzählte uns, dass Papa einmal gar zwei Frauen wollte. Dass er tatsächlich von ihr verlangte eine Konkubine zu ertragen. Er wollte zu dritt leben, in einer wilden Ehe. Aber sie konnte ihn umstimmen, ihn überzeugen, dass dies in seiner Stellung und in diesem Umfeld nicht akzeptabel war. Aber es kostete sie auch eine demütigende Weile an Gesprächen und Überzeugungsarbeit. Nur ihr unentbehrlicher Arbeitswille, ihre Aufopferung für die Kinder und das Engagement für die Gärtnerei, hätten ihn letztendlich überzeugt. Aber wieso oder wie kam er auf diesen Gedanken, diesen Wunsch der Vielweiberei, der Polygamie? Wer bestimmt letztendlich unser Verhalten?"

„Ich habe gelesen, dass die Natur des Menschen eigentlich keine Monogamie vorsähe, dass der Mann oder die Männer viel lieber ihre Gene oder das Erbgut ausbreiten möchten oder könnten. Ja, natürlich könnten Männer mehr Kinder zeugen, aber ist nicht die Bindung an einen Partner durch die Liebe eine monogame Lebensweise? Solange die Liebe wirkt, solange die Bindungshormone wirken, bleiben sich die Partner treu. Vielleicht wird auch durch die gemeinsamen Kinder die Partnerschaft bleiben, aber danach? Meine Eltern waren auch glücklich verheiratet, haben mit viel Euphorie ihr Lebenswerk aufgebaut, aber Papa schaute dann auf andere Ufer, konnte in der Ehe nicht mehr das finden, was ihn befriedigte."

„Murielle, meine Maman, hatte Papa auf einer Gartenausstellung in Paris kennengelernt. Schon die Zeit des Kennenlernens waren für sie die Flitterwochen, wie sie mir erzählte. Natürlich hatte sie sich damals keine Gedanken über die Rolle der Geschlechter gemacht. Sie war verliebt. Warum auch sollte ihr das

Klischee des französischen Liebhabers in den Kopf kommen, wenn sie in seinen Armen glücklich ist? Sie waren in der Stadt der Liebe. L'amour toujours, die Liebe war allgegenwärtig. In Paris drehte sich alles um die Liebe. Die Mode, die Kunst, das ganze alltägliche Leben schien ihr voller Liebesreize. Die Liebesfilme im Kino, die Chansons, die Lieder aus dem Radio, in den Bars und auch das Essen, der ganze Kult darum war voll von Liebeszeichen. Jaques, mein Vater, der jeden Kellner zu kennen schien und den besten Tisch im Gourmetlokal angeboten bekam, der tatkräftig auftrat, ihr den Stuhl vorzog, der strahlte und immer höfflich war und Komplimente über Komplimente bereitete. Der Aperitif, das Entree, das Menu, der Wein, alles stimmte, alles harmonisierte mit ihren Gefühlen und steigerte die Reize. Die perfekte Bar für den Digestif danach. Jaques Dernière war ein leidenschaftlicher Verführer. Mit Begeisterung spielte er das Spiel der Verführung. Er hatte Fantasie, ein ganzes Feuerwerk der Fantasie. Mit Eleganz, Esprit, mit Charm und einer Leichtigkeit umwarb er meine Maman. Er hatte Manieren und wusste sie anzubeten, sie zu umwerben. Mit Witz und Kreativität, nach allen Regeln der Kunst eroberte er sie und sie wollte begehrt werden. Sie war glücklich in seinen Armen, sie war seine Prinzessin, seine Geliebte, seine Göttin. Sie war im siebten Himmel und nicht mehr sich selbst."

„Die Spaziergänge durch die Gartenanlagen taten ihr übriges. Er wusste von der Bedeutung der Blumen. Wusste welche Blüte, welche Sinne reizte. Öffnete ihr Herz mit roten Rosen und bettete sie auf schlichtes, weiches Moos, in welchem er ihre Jungfräulichkeit raubte. Oh, mon Dieu, c'était incroyablement beau. C'était le paradis sur terre. Le paradis qu'elle voulait partager avec lui pour toujours. Oh mein Gott, es war unglaublich schön. Es war der Himmel auf Erden. Den Himmel, den sie mit ihm für immer teilen wollte."

„Die Ernüchterung kam viel später. Am Anfang gab es Briefe, noch gab es die Abenteuer der Gedanken. Die Gespräche und Vorbereitungen, die Einkäufe, die Planungen und die Freundinnen. Verführerische Kleider, der knappe Rock, das figurbetonte Abendkleid. Sportliche kurze Hosen, die ihre schlanken Beine zeigten. Die reizende Bluse, die ihr Dekolleté hervorhob. Sie war verliebt und ließ sich von Liebe leiten. Es gab eine traumhafte Hochzeit bei ihren Eltern am Cap Ferret. Die Nacht am Strand. Die Liebe zwischen den wiegenden Gräsern und auf dem rieselnden Sand. Die Liebe am Meeresufer in den schillernden Wellen. Die Liebe unter den ausgebreiteten Ästen der Bäume, auf der Wiese, im Wald und auf dem Moos. Die Waldspaziergänge, auf denen sie ihm wortreich in der Sprache der Liebe ihre Zukunft schilderte, er ihr andächtig zuhörte und sie irgendwann küsste und zum Verstummen brachte. Er wusste sie zu führen, wusste welche Berührungen sie am meisten erregten. In ihrem Zimmer war es ihr am wohlsten. Mit ihren vertrauten Bildern und Accessoires, zwischen ihren Hüllen und Überzügen, wenn er die seidenen Schleier von ihren Schenkeln strich, er sie entlang der Beine küsste, bis sie das Ziehen und Kribbeln in ihren Lenden nicht länger ertragen konnte und er dann endlich in ihr war, sie ausfüllte mit Wärme, sie seine Zuckungen spürte, er in ihr noch weiter anschwoll und sie mit heißem Sperma füllte."

„Pardon, - ich lass mich treiben, lass meiner Fantasie den Lauf. Aber das ist die Zeit der leidenschaftlichen Liebe, Liebe mit Erotik, mit Sinneslust und Sinnlichkeit, der Begierde, das Kokettieren und Schwärmen, die Zeit der Liebesgeflüster und Lüsternheit. Es ist eine Zeit des Erkundens der Körper und des Eindringens in unerforschte Möglichkeiten, in welchen sich immer wieder neue Überraschungen aufschließen, neue Fantasien den Kopf füllen. So lange, bis Maman dann schwanger war und der Taumel seine Beschwichtigung fand. Aber dennoch erregte sie das Neue. Das Haus und die Gärtnerei. Die Planungen für die Zukunft. Der Akt zwischendurch, die Liebe unter der Dusche, das Kitzeln seiner

Zunge. Es war ein Wellenritt der Gefühle, der lange anhielt und mit der Geburt Chloés noch nicht sein Ende nahm. Aber stetig, Tag für Tag nahm dieser Rausch immer weiter ab, die Emotionen flauten ab, die alltäglichen Probleme erstarkten und übernahmen den alltäglichen Ablauf. Jaques wurde schwieriger, kleine Unzulänglichkeiten erschienen, kurz gesagt, das Leben wandelte sich. Erst zaghaft Schritt für Schritt, bis fast unbemerkt der Alltag übernahm, die Alltäglichkeit und Gleichförmigkeit sich einschlichen und eine Monotonie eintrat, die Jaques mit seinem Amt und den Liebesabenteuern durchbrach, während Maman den Haushalt, das Geschäft und die Kinder führte. Es war wie eine Droge, deren Wirkung nachgelassen hatte. Das Dopamin der Liebe, das nicht mehr ausreichte, um Berge zu versetzen. Nach meiner Geburt war Maman dann glücklich mit uns, sie hatte eine neue Quelle des Glücks, das Bonheurs die Mutter ihrer Kinder zu sein. Nur Jaques Erbe seiner Gene ließ ihm keine Ruhe. Er wollte das Spiel der Liebe weiter spielen."

Pierre zog an seinen Barthaaren, nahm das Glas Rotwein und trank bedächtig einen Schluck. Lächelnd stellte er das Glas ab und schaute mich an.

„Sie sehen aus wie ein erfahrener Mann. Sie kennen auch die Freuden und Leiden der Liebe. Die Zeit, in der sie uns drängt und unsere Fantasie zu spielen beginnt, in der sie ganze Feuerwerke in unserem Kopf anzündet und entfacht. Die Zeit, in der auch unsere Sexualität erwacht und zu experimentieren beginnt und wir den kleinen Tod ersehnen, le petite morte, der uns für ein paar Sekunden unser Leben raubt und wir so glücklich sind, dass wir dafür sterben würden. Dann gibt es auch die Peinlichkeiten, die Fehler, die man macht, die Affäre, die passiert und nicht gewollt war und es gibt die Träume und die Fantasie. Sie wissen auch dass alles im Kopf geschieht. Unser Gehirn ist das Zentrum, in dem alles zusammen kommt. Der Kopf ist es, der die Erregung spürt und dirigiert und sich dann selbst belohnt."

„Ich hatte von Julie geträumt. Ich habe erst letzte Nacht von Julie geträumt. Ich war wieder in der Schule, in einem der alten Klassenzimmer und dort waren viele andere Mädchen. Miriam und Mariann, da waren meine Cousinen, da war Virginie, Edith und Arlette, Freundinnen, Liebschaften. Nathalie, die ich auf einer Reise nach Andorra kennengelernt hatte, die mich verführte. In dem Klassenzimmer waren auch ein paar Freunde, die an der sonnenbeschienen Wand standen, mit den Händen in den Hosentaschen da standen und mir zulächelten. Traumhaft verschwommen zogen die Gesichter vor mir vorbei. Ein gedämpftes Lachen war zu hören, unscharfe Konturen und Augen, die mich neckisch, provozierend anschauten. Melissa kam auf mich zu, Melissa, eine erwachsene Frau, viele Jahre älter als ich. Ich hatte in ihrem Garten gearbeitet, hatte eine feurig erotische Affäre mit ihr. Melissa legt ihren Arm um mich und ich schaue zu Julie, die mich beobachtet. Hände berühren meinen Körper und reichen mich weiter. Ich sitze neben Julie auf einer Couch und wir schauen die Nachrichten. Wir sitzen eine ganze Weile nebeneinander mit dem Blick auf den Bildschirm, aber in Wirklichkeit sehe ich nur Julie und Julie sieht nur mich, bis sich wie in Zeitlupe unsere Köpfe drehen, wir uns in die Augen schauen, uns mit unseren Armen umschlingen und wir uns einen intensiven Kuss geben, ich ihre Zunge in meinem Mund spüre, die meinen Mund auszufüllen schien. Eine Gefühl, das mich überglücklich werden lässt, das mich ausfüllt, das mich - , ich wachte auf und spürte noch die Zunge."

„Es war so realistisch. Hatten Sie auch schon einmal so einen Traum? Vielleicht hatten Sie das auch schon einmal erlebt, dass Sie morgens aufwachen und Ihr Pyjama ist feucht. Allein durch die Träume, die Gedanken, durch die Macht der Hormone und der Triebe erfüllen sich die Bedürfnisse, wird das Verlangen gestillt. Selbst ein Mann, dessen Körper gelähmt ist, der nichts mehr bewegen kann als seine Lippen und seine Augen, könnte doch noch Kinder zeugen. So important ist die Vermehrung, so wichtig der Fortpflanzungstrieb. C'est le point le plus important. Aber was erzähl ich Ihnen da, das sind alte Weisheiten. Wie hat euer Goethe geschrieben: „Diese Liebe, diese Treue, diese Leidenschaft ist keine dichterische Erfindung." Die Liebe lebt, sie lebt in allen Menschen. Sie lebt in allem Leben. Es ist das, was die Geschöpfe zusammenhält, sie miteinander verbindet. „Es ist doch gewiss, dass in der Welt den Menschen nichts notwendig macht als die Liebe."

Pierre trank einen Schluck Wein und nahm den Lauf seiner Geschichte wieder auf. Ich war in Gedanken an meine eigenen Liebschaften versunken, mein Leben als Liebender kam mir in den Sinn. Charlotte war nicht die erste große Liebe. Auch meine Jugend, meine Schulzeit hatte ihre Abenteuer. Ich versuchte mir vorzustellen, dass all diese Eskapaden nur die Folge von Reizen, von Trieben, von hormonellen Reaktionen oder Aktionspotentialen waren. Ein echt kalter Gedanke, der mir da den Rücken runter lief. Der Gedanke verflog instinktiv und ich hörte wieder Pierre, der seine Erzählung während meiner Reflexionen erneut aufgenommen hatte.

„Nach dem ersten Abend mit Julie hatten sich meine Emotionen gedämpft. Zu sehr war der tyrannische Vater in den Vordergrund gerückt und meine Gedanken versuchten ihre Situation zu rationalisieren. Ihr Vertrauen zu uns erfreute mich. Es gefiel mir und zeigte eine Offenheit, eine Geneigtheit und ein Wohlwollen, das mehr als freundschaftlich zu interpretieren war, welches schon fast familiär war und in dieser familiären Atmosphäre erlebten wir sehr sinnliche, sehr erheiternde und instruktive Tage.

Es gab auch zunächst so viel zu erklären. Die Tage begannen wie jeden Morgen mit den Geräuschen aus dem Bad, obwohl Maman sehr leise aufzutreten pflegte. Mein Zimmer lag neben dem Bad und das Bett genau an der Wand. Wenn mich das Rauschen des Wassers oder ein Hüsteln weckte, konnte ich mir zu vielen der Geräusche meine Bilder machen. Doch jetzt kamen zu den vertrauten Klängen neue hinzu. Ich hörte schon das vorsichtige Knarren der Treppenstufen, das leise Knirschen des Geländers. Die Tür, die etwas klemmte und die man am Griff nur etwas anheben musste. Der kleine Knack der Diele vor der Toilette und die Geräusche danach. Am Waschbecken, die Stille, die viel länger anhielt als bei Maman. Dafür lief das Wasser länger und wenn Julie ihre Haare bürstete, konnte ich ihr Gesicht im Spiegel sehen. Danach kamen die Geräusche aus der Küche und während ich mich im Bad zurecht machte, hörte ich schon ihre Stimmen, die femininen Klänge des Fragens und der Antworten, das lebhafte Plaudern zwischen dem Mahlen der Kaffeebohnen, der Geräusche des Wasserkessels und all den frühen Klängen der Morgenrituale, die mir jetzt noch lieblicher waren, da Julie dann auf mich wartete, ich mich auf ihren Anblick freuen konnte. Sie war mein Lebenselixier. Wenn ich in ihren braunen Augen die Freuden der Seele spüren durfte, wenn mit Geselligkeit, wenn mit ihr der Tag begann und mit Frohsinn und Entzücken gefüllt wurde, dann war mein Inneres der Zeit, dem Moment, dem Glück ergeben."

„Während des Frühstücks erklärte Maman die besondere Lage des Schaugartens. Die milden Winter und die Nahe Küste, beziehungsweise das Meer, bedingten ein ausgeglichenes Klima, das den Pflanzen sehr zugutekam. Es war mehr Feuchtigkeit in der Luft und die Böden, lehmig und mit Kompost angereichert, konnten das Wasser für längere Zeit halten, so dass wir eine ganze Anzahl verschiedener Bambusarten, unterschiedlichster Couleur in

Form und Farbe einführen konnten, die das Netzwerk des Gartens bilden, und zwischen dessen Geflecht und den Verschlingungen wir viele hunderte blumig duftender, bunt blühender Pflanzen aus vielen Ländern Europas und der ganzen Welt kultivierten. So entstand eine Vielzahl geheimnisvoller Pflanzenwelten, die mit wohlriechenden Arten durchmischt waren, welche die Sinne der Betrachter reizen und betören sollten. Der Garten hatte nicht die Klarheit und Weite eines Englischen Gartens. Er war dichter, kompakter und wilder. Wir wollten unsere Gäste überraschen und verwundern. Und natürlich spielte auch die Größe eine Rolle, der Raum, in dem Maman ihren kreativen Zauber entfalten konnte. Und so manches Mal kam sie mir tatsächlich wie eine Zauberin vor, wenn sie aus den winzigen Sämlingen eine Schar blühender Nachkommen aufzog, oder den ein oder anderen Steckling mit Engelsgeduld hegte und pflegte, bis er selbst sein Wachstum und sein Überleben sichern konnte."

„Auch Julie sollte ihre Ideen einbringen, auch sie sollte experimentieren, sollte aus dem Garten neue Reize locken, ihre Fantasie verwirklichen und den Betrachter in Verzückung führen. Der Garten sollte lebendig bleiben, er sollte eine gezähmte Wildnis zeigen oder besinnlich, verträumte Besessenheit erzeugen. Der Betrachter sollte sich in den Garten verlieben, der Garten sollte ihn mit vielen kleinen Details überraschen, seinen Puls beschleunigen und ihn dann doch in Sanftmut setzen, ihn immer wieder anlocken, ihn an sich binden, damit er immer wieder kommen, sich immer wieder an ihm ergötzen möchte. Der Garten soll die fünf Sinne bedienen, soll sie befrieden."

„Die Augen der Besucher, der Liebesgänger, sollten das Farbenspiel bewundern, die unglaubliche, unbeschreibliche Vielfalt der Formen erkennen, welche die Stiele, Stängel und Schäfte, die Blätter und Triebe, die Ranken, Lianen und Bryonien, Halme, Zweige, Dornen, Sprosse, die Borken und Hölzer entwickelt hatten und alles und alle noch zudem mit den verschiedensten

Schraffuren und Texturen in all ihren Schattierungen ausgestattet sind. Und über all dieser Fülle und Pracht stehen die Kronen der Schöpfung, die Blüten, die ihren exotischen und erotischen Zauber verkünden. Da gibt es die einfacheren, eher unscheinbaren Ausbildungen, deren Pollen vom Wind getragen werden, so wie die der Gräser. Die Blüten sind meist grün und doch hat jede Art ihre einzigartige Gestalt gefunden, hat Rispen oder Ähren, Trauben, Knäuel oder Binsen, die für sie beste Variante entwickelt und es gibt solche veredelten und kultivierten Formen, die zur Zierde auch unseren Garten schmückten, die das Auge verführten. Unscheinbare Blüten, die in ihrer Zartheit und Schönheit, mit ihren filigranen Ausbildungen dem Spiel des Windes nachgewachsen sind."

„Noch viel üppiger, noch ausschweifender ist der Farbentaumel der Blütenpflanzen, die ein Abkommen mit den Tieren geschlossen haben, die eine Symbiose mit vielen der Insekten eingegangen sind. Die Formen und Farben sind so unvorstellbar zahlreich, so zauberhaft, so originär und originell, wie es nur die Natur in ihrer paradiesischen Schöpferkraft hat erschaffen können. Die Blüten locken die Bestäuber mit ihren Formen, sie locken mit ihren Farben, mit süßen Säften und mit duftenden Aromen. Blütenblätter in allen Größen, in allen Farben, einfarbig und bunt, vereinzelt, verwachsen, zahlreich oder in abstrusen Gestalten. Blütenblätter in Infloreszenzen mit gestauchten, verdickten, gestreckten oder verwachsenen Aussehen. Blüten in Dolden, Trauben, in Zapfen, Köpfchen oder Kolben, in Rispen oder Spirren, die ihre Blütenblätter ausstrecken wie Arme oder wie Münder, die zu rufen scheinen. Blüten, zusammengewachsen in einer Vielzahl, die ihre Aussehen größer werden lässt, ihre Anziehungskraft stärkt, damit die Insekten ihrem Zauber verfallen, damit die Geschöpfe angelockt werden und den wertvollen Blütenpollen ernten, damit ihre Gene von Pflanze zu Pflanze übertragen werden und neue Nachkommen gezeugt werden können. So wie auch wir ihrem Zauber verfallen und sie mehren und hüten und lieben."

„Denn auch die Düfte, die wir riechen und die uns schwindeln lassen, locken und verführen die in Dienst gestellten Geschöpfe, die den Pollen übertragen, ihn von Blüte zu Blüte tragen, von Baum zu Baum. Die Düfte, die auch uns bewegen den Pflanzen einen Raum zu geben, damit wir uns an ihnen ergötzen und in sie verlieben können. Wir streicheln sie und fühlen ihre Sanftheit, fühlen die harte Struktur der Rinde oder auch das Brennen wehrhafter Haare. Wir fühlen klebrige Gebilde und Widerhaken, Stachel und Dornen und auch das weiche Polster filigraner Fasern und Haare, in die wir uns betten, in die wir uns kleiden. Wir schmecken ihre Früchte, die Stiele, Blätter und ihre Wurzeln. Wir schmecken ihr Fruchtfleisch, die Gewürze und Aromen."

„Jede Farbe, jede Form, jeder Duft, all diese blühenden Wunderwerke entstanden, erwuchsen aus dem Drang die Gene zu erhalten, sie weiterzugeben und den Pflanzenkörper dafür zu perfektionieren. Eine Evolution der Sexualität im Dienste der Vermehrung. Aufblühen, Befruchten, Vermehren, Vervielfältigen, und die Nachkommen weiter tragen, sie verbreiten im Garten der Liebe, auf unserem Planeten."

„Auch Julie lernte diese Liebe kennen. Die Liebkosung jeder dieser Individuen, die ihren magischen Zauber auf ihre Welt ausstrahlten. Die in ihrer Einzigartigkeit lebendig waren. Unter deren Rauschen und Raunen der Blätter wir zueinander fanden. Unter deren Klängen, dem Duft, dem Parfüm auch wir unsere Liebe erlebten. Der Garten der Liebe war ein richtiger Dschungel, ein echter Schatz, dessen Wege nicht immer klar zu erkennen waren. Ein Urwald, dessen Pfade teils überwachsen, teils von Lianen und Geflecht überhangen waren, über dessen Wege die alten Veteranen ihre Äste streckten, die je nach Jahreszeit den Irrläufer im Dunkeln ließen, ihn mit buntem Blätterwerk zum Harlekin krönten oder er im Licht der wärmenden Sonnenstrahlen, das Erwachen des Frühlings spüren durfte. Manchmal gabelten sich die unscheinbaren Wege und ein üppiger Rosenbusch zur rechten Seite verleitete in diese Richtung, doch dann war der Weg von Efeu und Lianen überhangen. Dann war wieder überraschend das Haus, unser Priorat zu erkennen, nur vom Schleier weißblühender Schlehen verdeckt. Oder waren es Feen, verwandelt durch den Zauber des Waldkönigs, der auf seine Töchter aufpassen musste? Die Liebenden mussten sich entscheiden und konnten, wenn sie wollten, den Weg doch zweimal gehen, konnten ihn von beiden Seiten beschauen und immer wieder Neues dabei entdecken."

„Der Weg der Liebe führte durch den Bambushain zu einem offenen Gelände, das im Frühling von den weißen, luftigen Blüten der Kirchbäume umringt wurde, unter deren Zweigen wir durch träumerische Tage blickten. Die Kräuterbeete mit niedrigen Einfriedungen aus geflochtenen Weidezäunen, lockten mit ihren Düften und Aromen der Blätter und Blüten und eine Bank lud ein, dergleichen reichlich zu erkunden. Fremdartige Nüsse in weißen Brautkleidern hingen vom Himmel, Glockenblumen erklangen entlang der Wege. Gelbe, weiße, blaue und orangene Farbtupfer der Floreszenzen säumten den eingeschlagenen Pfad. Dunkelgrüne, grüne, gelblichgrüne, rote, rosarote Blätter bildeten den Hintergrund und bräunliche Häute, Hüllen und Hülsen erschienen im lichtdurchflutetem Gebüsch. Der Garten der Liebe. Unmöglich seine Vielfalt beschreiben zu wollen, all die Formen und Farben wieder geben zu wollen. Die Früchte aufzuzählen, die Geschmäcker wieder zu geben, die tausend und eine Blütenpracht beschreiben zu wollen. Die Jahreszeiten vervielfältigen die Lebensarten. Pflanzen und Blumen, die nur der Frühling wachsen lässt, Farben und Blüten, die nur im Sommer erscheinen und im Herbst sich verfärben. Der Winter mit den blutroten Hagebutten im kahlen Geäst, an mit Reif verzierten Zweigen. Wir kosteten reichlich von der Vielfalt dieses Gartens."

„Mon Seigneur -, meine Liebe zu Julie, unsere Liebe war dieser Garten. Wie soll ich Ihnen meine Gefühle beschreiben, wie soll ich all die Liebreize, die körperlichen Erregungen kund tun. Es ist ein Rausch. Es ist eine andere Welt."

Ich hob mein Glas und hielt es ihm zum Anstoß hoch. „Auf die Liebe," sagte ich, „à l'amour." Diese Liebe war mir nicht fremd. Auch Charlotte und ich waren jung und haben die Zeit der Liebe erlebt. Die Zeit des Kennenlernens, die Verabredungen, die Ausflüge, die Café Besuche und natürlich die Gespräche und die erste und die folgenden gemeinsam verbrachten Nächte. Der kleine Tod, le petite mort. Wie schön den anderen Körper zu fühlen, Seite an Seite zu liegen, sich an sie zu drücken, die Wärme zu spüren, sie zu umarmen. La vie. Le mystère de la vie. Die unendliche Zufriedenheit nach dem kleinen Tod.

Pierre setzte mit einem Trinkspruch sein Glas erneut an, trank es in einem Zug leer und erzählte weiter über den Garten der Künste und Sinne.

„Auch Maman liebte es mit allen Sinnen die Natur zu beschreiben und sie zu vergöttern. Es war ihr Paradies, das sie Julie beschrieb. Erst dann kam sie auf die praktischen Dinge zu sprechen. Die Kultivierung der Böden, die Pflege und der Schnitt, das wachsame, geschulte Auge auf Veränderungen, das Achten auf das Wohlergehen aller Individuen, die Planungen für die Jahreszeiten oder das Bannen unerwünschter Eindringlinge. Der Garten wurde nach unseren Wünschen gelenkt, von Vorbildern geleitet und mit unseren Händen bearbeitet, der Garten war eine von uns erstellte Komposition, aber es war die Natur, die immer wieder ihr Vorrecht einforderte, die immer wieder andere Pläne hatte."

„Dann mussten die Gartengeräte und Werkzeuge erklärt werden. Wo sie zu finden waren, welche Gartenschere für welchen Schnitt gebraucht werden durfte. Wie das Wachstum der Zweige gelenkt werden konnte, welche Vorsichtsmaßnahmen für unerwünschte Krankheiten ausgeführt wurden. Die Fässer unter den Regenrinnen oder die Tröge, die eingeweichten Kräutersud enthielten, um damit die Blattläuse zu vertreiben, wurden vorsorgend aufgefüllt und die Mixtur zur Stärkung und Abwehr ausgetragen. Doch auch der Todholzhaufen und die Steinmauer, der Teich, das Quellbecken, das Anlegen von Nisthilfen und viele andere unscheinbare Winkel und Zwischenräume für nützliche Tiere waren wichtig für das Gleichgewicht, waren wichtig für die Widerstandskraft unseres Gartens. Das Mulchen der Beete mit Kompost zur Düngung erklärte Maman und zeigte Julie die neu angelegte Kompostinsel und natürlich das kleine Gewächshaus sollte besichtigt werden, in welchem Maman fürsorglich ihre Lieblinge aufzog."

„Am ersten Tag führte Maman Julie schließlich durch den Garten und zeigte ihr all die Gebäude und all die Eigenheiten, all die kleinen Inseln der Pflanzenreiche, die sie längst in farbenreichen Worten veranschaulicht hatte. Ich wollte weiter im Salon arbeiten, dessen Renovierung auf sich warten ließ. Die alte Farbe musste von der Holzdecke abgeschliffen werden, eine staubige, eine unangenehme Arbeit, aber die gemacht werden musste. Nicht sehr lange konnte ich auf der Stehleiter aushalten, mit dem überstreckten Nacken, dem Staub und der Atemmaske und so ging ich schon bald hoch zur Mansarde, um nach ein paar Arbeitskleidern von Chloé zu suchen, die wir in dem alten Kleiderschrank verstaut hatten. Julie hatte die Figur meiner Schwester und etliche ihrer Kleider waren noch da, - von damals als Chloé noch bei uns wohnte und in der Gärtnerei mitarbeitete. So ein Geschäft ist ein Familienbetrieb und alle Hände mussten helfen. Julie hatte sogar eine gewisse Ähnlichkeit mit meiner Schwester. Die langen Haare, die das ebenmäßige Gesicht umfassten, die strahlenden

Augen, die besonders glänzten, wenn Papa wieder eine seiner Komplimente machte. Julie hatte diese gleichen Proportionen, diese Figur, die jedes Kleid, jeden Rock oder Hose, jede Bluse oder Pullover in ein vorteilhaftes Licht rückten. Chloé brachte auch die Farben an ihrem Körper zum Leuchten, so wie Julie in ihrem blau-weiß getupften Leinen sich reizend vor mir entfaltet hatte. Jetzt lag die Bluse auf dem Kleiderstuhl, ich schaute durch die Chiffons in Julies Boudoir und es reizte mich die Schleier zu Seite zu schieben und die Bluse anzufassen, sie zu fühlen und zu riechen, mich in ihrem Gewebe zu sielen."

„Ein Reiz und eine Wunschvorstellung, ein Verlangen, dass mich bei Chloés Kleidern nie überkommen hatte. Chloé, meine Schwester, habe ich nie in dieser Vorstellung gesehen, nie ein begehrliches Ansinnen entwickelt. Ja, es gab auch diese Gedanken, wenn wir im Garten arbeiteten und sie ohne Hemd die Erde harkte, damit die Sonne ihren Körper bräunte. Dann dachte ich, wie wohlgeformt sind ihre Brüste, wie straff der Bauch und auch die Beine waren stramm und schneidig. Aber ich tat dies mit Bewunderung für meine Schwester. Und ja, es gab auch diesen Kick, dieses erotische Gefühl, wenn sie in schwarzen Höschen überraschend in das Esszimmer kam, sich einen Kaffee holte und mal schnell in eines der Croissant reinbiss. Auch Maman hatte mich mit ihren seidenen Negligé überraschend bewegt. Aber dieser optische Reiz führte nicht zu einem Verlangen, einer Hingezogenheit oder einer leidenschaftlichen Erregung, es war mir nachher eher peinlich."

„Ich schob den Chiffon nicht zur Seite, nicht an diesem Tag. Zu übermächtig waren die Skrupel, zu alltäglich mein Empfinden. Ich nahm die Kleider meiner Schwester mit nach unten und legte sie in der Essküche ganz unverdächtig für Julie zurecht."

Pierre trank einen Schluck Wein von dem neu servierten Glas und schaute mir direkt in die Augen.

„Ja, ich gebe zu, dass es nicht leicht war die Erregungen zu kontrollieren. Nicht immer, oder nicht sofort war mir die Versuchung bewusst, war mir klar was mich bewegte. Wer denkt in seiner Jugend an die Beherrschtheit, wenn er verliebt ist. Ich dachte früher nicht daran. Ich lebte das Leben, war mit Freunden unterwegs, erlebte amüsante Abenteuer, bei welchen auch das ein oder andere Mädchen eine Rolle spielte. Küsse, Spielereien, romantische Abenteuer und Wunschdenken."

„Mein erstes sexuelles Abenteuer oder Erlebnis allerdings, hatte ich schon mit jungen Jahren. Es war wieder Miriam, es war wieder in den Ferien, als ich diese Episode mit meiner Cousine ereignete, obgleich sie davon selbst nichts mitbekam, es selbst wahrscheinlich gar nicht bemerkte. Wir waren wieder für ein paar Wochen in den Sommerferien bei Mamans Familie, bei Onkel Bernard auf dem Cap Ferret. Vielleicht war ich neun oder zehn Jahre alt oder auch noch etwas jünger. Ich hatte noch das knabenhafte Aussehen eines verspielten, unschuldigen Kindes und wie viele andere Kinder auch, spielten wir unsere Spiele am Strand, bauten Sandburgen, rannten mit den Wellen um die Wette, sammelten wieder Muscheln, Steine und Strandgut und lagen mit unseren nassen Badesachen auf einer Decke, aßen und tranken und machten unsere Späße. Miriam und ich hatten ein besonderes Verhältnis, eine unbewusste Zuneigung, die noch von dem kindlichen Kuss zwischen den Sandhügeln der Dünen entspross. Eine heimliche Vertrautheit, die über die Jahre und wegen unserer regelmäßigen Zusammenkünfte nicht nachgelassen hatte, die immer ihren Zauber behielt und uns in einem geheimen Band verbleiben ließ. Wir tranken aus der gleichen Flasche, reichten uns das belegte Brot und unbekümmert lagen wir dicht an dicht und blätterten in dem Magazin oder lasen uns aus einem Comic-Heft vor. Dann drehte sie manchmal den Kopf, lächelte mich an oder lachte und mir wurde ein inneres Gefühl von Glück bereitet, das mich noch näher zu ihr hinzog, noch mehr ein Verlangen verstärkte, Miriam zu berühren, mit dem Finger ihre Locken aus der Stirn zu streichen oder sie einfach zu necken, sie an ihrer Hüfte zu kitzeln und bald balgten wir uns beschwingt auf der Decke oder spielten Fangen, ein Spiel, in das die anderen sich mitreisen ließen und so waren wir für die Erwachsenen die Kinder, die sie sein sollten."

„Und so war es für Maman und Onkel Bernard auch nichts Ungewöhnliches oder Anstoßendes, als wir sie fragten, ob wir wieder einige Nächte im Zelt verbringen durften. Schon mehrmals in den Jahren zuvor hatten wir Kinder im Zelt geschlafen, wenn die Erwachsenen ihre Partys feierten, wenn mehrere Familienmitglieder angereist waren und alle Zimmer im Haus belegten. Was war normaler als auf einem Campingplatz in einem Zelt zu schlafen? Und niemand dachte sich etwas dabei, dass Miriam und ich letztendlich in einem kleinen Zelt zusammenkamen, zumal die Älteren schon das Familienzelt beanspruchten. Auch wir oder ich dachte mir nichts dabei, war das Arrangement so spielerisch, so kindlich unernst entstanden, so wie wir die Tage abenteuerlich verbrachten. Und dann lagen wir, Miriam und ich auf unseren Kinderdecken, auf den weichen, bunt bedruckten Schlafsäcken und schauten uns in die Augen. Dieser Anblick war schon besonders und mit Sicherheit werde ich dieses Bild nie mehr vergessen. Es war, als würde ein Engel bei mir liegen, ein Engel mit kindlichem Gesicht. Die gelblich leuchtende Taschenlampe, akzentuierte noch die Konturen und wie ein Engel öffnete sie ihren Mund zu einem Lächeln, schaute mich glücklich an, schloss Mund und Augen und schlief ein."

„Auch in diesem Moment war mir nicht klar, war noch nicht ersichtlich, was danach geschehen würde. Ich beobachtete Miriam wie sie sich mehr und mehr entspannte, wie sich ihr Körper einem tiefen Schlaf hingab. Ich beobachtete sie, wie sich ihr Mund wieder leicht öffnete und sie regelmäßig zu Atmen begann.

Ich rückte etwas näher, nur so, um sie besser sehen zu können oder aus Neugierde. Vielleicht dachte ich auch an die Spiele, die wir schon gelegentlich gespielt hatten, als wir noch jünger waren und unsere imaginären Verletzungen verarztet hatten. Das waren diese Doktorspiele, als wir uns beiderseitig den Bauch abtasteten und uns gegenseitig eine Injektion in den Hintern gaben, mit herabgelassener Hose. Ich denke, ich war einfach nur zufrieden, so wie ein Kind nach einem ausgefüllten Tag zufrieden sein kann. Ich lag noch wach an ihrer Seite, war mir nicht der Gedanken bewusst, die mich ausfüllten, war mir eigentlich keiner Gedanken bewusst, war in einem merkwürdigen Zustand oder einer nebulösen Stimmung, als Miriam sich plötzlich im Schlaf drehte, ihren Arm ausstreckte, ihren Arm auf meiner Seite ablegte und ihre Hand auf meinem Unterleib zur Ruhe kam. Es war ein abenteuerlicher Gedanke, der mir kam, der mir in scheinbar endloser Langsamkeit befahl die Decke zur Seite zu ziehen, der mir diktierte und der mich dirigierte, mich dieser Hand entgegenzustrecken, ein Gedanke oder ein Wunsch, ein Verlangen, das mir in aller Aufregung bestimmte, jetzt die Schlafhose herabzuziehen und ihre Hand, Miriams Hand an mir zu fühlen, ihre Hand auf meinem Glied zur Ruhe kommen zu lassen. Dieses Bild von ihrer Hand so nah an mir, so unerlaubt, brachte mich in eine blitzartige Erregung. Ein kleiner abenteuerlicher Kick durchzog mich, der erst Jahre später mir erklärbar war. Mein erstes Abenteuer. Es war so traumhaft schnell und mir kaum bewusst in der Aufregung, eine Ekstase, ein Taumel der schnell verging, der seine Spuren hinterließ und ich dann doch eilig und schuldbewusst oder einer Schuld bewusst, die Decke wieder nach oben zog, alles wieder zurecht zog und mich zu Miriams Seite drehte und ihre Hand in meine nahm. Sie schlief fest. Sie schien von allem nichts zu spüren, nichts wahr genommen zu haben. Obwohl mir war, als hätte ihre Hand die meine fester umschlossen."

„Wie oft habe ich später an diese Begebenheit denken müssen. Wie oft habe ich in meiner Arbeit innegehalten, schaute in den

Garten der Liebe und der Sinne, schaute über das Mosaik der Kräuterbeete, in die Kaskaden der vielblättrigen Büsche und überhängenden Bäume, in das Wirrwarr von Farben und Formen und dachte über dieses Abenteuer nach. War ich doch der Sohn meines Vaters? Hatte ich seine Gene der Lüste geerbt? War ich den Versuchungen schutzlos ausgesetzt? Warum konnte meine Cousine diese Gefühle wecken, dieses Verlangen generieren? Was war es, warum mir bei Miriam recht warm ums Herz werden konnte und Chloé nur ein paar peinliches Gedanken in mir erweckte? Hatte nicht auch Mariann die Lust in mir unwissentlich geweckt? War es nicht eine natürliche Reaktion meines Körpers ihrer Berührung zu folgen, eine unbewusste Reaktion meines Leibes? Nicht vom Kopf gesteuert. Warum konnte Chloé sich um meinen Hals werfen, mich küssen oder auf meinem Schoss sitzen, ohne eine innere Regung, ohne das Ansteuern intimer Gedanken, ohne das Erwachen instinktiver Triebe zu bewirken? Wir waren Familie. Wir waren zusammen aufgewachsen, als Bruder und als Schwester und diese Tatsache, diese natürliche Konstellation, die Familie als gewachsene, soziale Institution und diese Erkenntnis konnte alle instinktiven Verlangen, auch eine geschlechtliche, sexuelle Lust obsiegen."

„Aber warum sollte ich mir überhaupt darüber diese Gedanken machen? So viele Jahre nach Papas Tod erinnerte ich mich wieder an seine Affären oder werde mir dieser erneut bewusst. Heute erinnere ich mich an meine eigenen Liebesabenteuer, maintenant wird mir das Spiel der Liebe unverblümt aufgeführt, werden mir die Emotionen bewusst. Heute erkenne ich, dass die Gefühle mich lenkten, dass die Gefühle mich motivierten, nicht meine Vernunft. Jetzt wird mein Verhalten ungeschminkt analysiert oder doch zumindest hinterfragt. Was ist normal, was ist natürlich? Was ist verwerflich oder anormal? Was ist anerzogen? Was ist bewusst, was ist unbewusst? Welche gesellschaftlichen

Regeln bestimmen unser Verhalten? Welche Moral? Jede Kultur, jede Gesellschaft hat ihre eigenen Verhaltensmuster, ihre Sitten und Gebräuche. Ich muss mich fragen, ich muss mein Handeln erklären. Wie konnte es so weit kommen? Warum war ich zu so einer furchtbaren Tat fähig war? Warum? Ich frage mich warum?"

„Pardon Mon Seigneur -, hinterfragen Sie Ihre Liebesleben? Ja natürlich, wir machen uns Gedanken über unsere Beziehungen, fragen, ob der Partner oder die Partnerin, die richtige für uns ist. Vielleicht denken wir auch darüber nach, wie unser Sexualleben ist. Wir werden beeinflusst von den glamourösen Zeitschriften, von Filmen im Television oder im Cinema. Auch da haben wir eine ganze Industrie, die uns verführt, die uns verführen will, die ihre Geschichten erzählen wollen. Manche der Schicksale ergreifen uns oder stoßen uns ab. Die Liebe, die Reize, die Erotik sind fast ständig gegenwärtig. Wir sehen die Reklame mit verliebten Pärchen, wir sehen die Bilder mit aufreizenden Fotomodellen und Mannequins, die uns suggerieren selbst so sexy zu sein, wenn wir dies oder jenes kaufen, die uns verführen. Wir sehen die attraktiv gekleideten Frauen und Teenager, die wiederum der Werbung folgen, die schön sein und beachtet werden wollen. Wer will das nicht? Aufmerksamkeit wollen schon die Kinder. Wir wollen im Mittelpunkt stehen oder zumindest nicht das hässliche Entlein aus dem Märchen sein. Es ist diese Natur, die uns treibt, die Liebe, die sich erfüllen soll, der Zustand der Liebe, das Verliebtsein, das uns glücklich macht. Es sind die Glückshormone, die unser Verhalten steuern und die auch unsere Triebe lenken und treiben, die oft unbewusst agieren und so das Rad des Lebens weiter drehen. Es ist dieser Zauber, der uns immer wieder entzückt. Das Licht, in welchem wir in traumhaft bunten Bildern wandeln, und wären es auch nur Einbildungen, nur Fantasien, so gibt es nichts, dass uns davon abhielt fortan immer wieder in diesen jugendlichen Rausch, in dieses Elysium zu gleiten."

„Mon seigneur -, und wie mich Julie in diesen Zustand der Verzückung brachte, wie sie meine Leidenschaft weckte, wie sie den Herzschlag anfachte, dass das Blut mir warm durch die Adern floss, dass mir selig in Gedanken wurde, schwindlig in allen Sinnen. Die Pein der Seligkeit, die ich durchlebte, wenn wir zusammen im Garten waren, wenn wir ganz nah zusammen im Blumenbeet den Boden vorbereiteten, ich in ihre Augen sehen konnte, die unschuldig dem Jäten folgten, ihr Körper unbekümmert und leicht sich vor mir bewegte, die Hände eifrig die Erde schürften und ihr ganzer Leib, die Hüften, Schultern, Beine sich schwungvoll, leicht vor mir streckten, dehnten, drehten und lockten. Oh, wie oft habe ich sie beobachtet, wenn sie mit Maman im Garten spazieren ging, wie sie sich lebhaft unterhielten, welch glückliches Bild sich vor mir entfaltete. Wie sie anmutig über den Rasen promenierten, ein Bild, in das ich mich verlieben konnte. Julie in ihren ausgewaschenen Jeans, die ihre Beine, ihre Hüften und den wohlgeformten Po besonders reizvoll hervorhoben. Die andeutende Falte unter ihrem Gesäß. Die leichte Kurve, die sich in den Schritt vertiefte, die allerliebste, anziehende Rundung, die ihrer Hüfte folgte, die schmale Taille, die unter der figurbetonten, verspielten Bluse und durch ein Stoffband eingebunden deutlich zu erkennen war. Ebenmäßig weitete sich der geblümte Stoff, der ihren wohlgestalteten Busen zart umhüllte. Ein offener Knopf ließ etwas Haut durchscheinen, der weiße Saum des Büstenhalters schob sich vor und meine Blicke wanderten über die reine Haut des Dekolletés zu ihrem wohlgeformten Gesicht, welches von ihren glänzend schwarzen Haaren umweht wurde."

„Ich sehe ihre Augen und ihre Augen sehen mich. Oh! - Mon Seigneur -, Sie verstehen mich! Mir ist, als wär` es grad geschehen. Julies Blick schien mir so unschuldig und unbefangen, voll Keuschheit, Reinheit und Jungfräulichkeit und doch entfachte er ein Feuer, das noch heute in mir brennt. Ich brenne voll Liebe, dass mir ganz warm im Leibe wird. Dass ich für sie sterben könnte, dass ich sagen könnte, ich lag in ihren Armen, ich lag in ihrem Schoß. Es war, als wäre die Heilige Marguerite zurückgekehrt in unserer Priorat, in unseren Garten der Liebe und Sinne. Ich verehrte und vergötterte Julie, wie ich keine Frau, kein Mädchen vorher vergöttert hatte. Es war die reine Liebe. Die sinnlich, traumhaft musikalische Liebe, die in unseren Chansons besungen wird, die Liebe, die so viele Künste und Künstler inspirierte, so viele Werke hat entstehen lassen, geleitet und gefüllt von Emotionen. Frei von aller Begierde. Denken Sie an die Gedichte Ihrer Poeten, denken Sie an Shakespeare, die Mythen und Legenden. Welche Opern, Romane und Theaterstücke hat die Liebe schon erschaffen? Auch ich war voller Schaffensdrang, konnte Berge versetzen, wie man sagt, schwebte über der Erde, schwebte über dem Garten der Liebe. In Julies Gegenwart war ich mehr als ich, war alles, was ich mir vorstellen konnte. Ich war der blinde Narr, der sein närrisches Spiel nicht sehen konnte, der das Spiel der Liebe spielte, den wahren Deutungen der Natur folgte, die ihr Skript in mich geschrieben hatten. Ein Tag ohne Julie war ein verlorener Tag. Sie war für mich die Medizin, die jeden Menschen glücklich macht. Denn auch das ist die Liebe, das Elixier, das uns am Leben hält, der Jungbrunnen, der unsere Herzen jünger macht, der Balsam, der uns aufblühen lässt."

„Doch wehe, wenn die Medizin uns fehlt, wenn die Glückshormone, wenn die Endorphine, die Chemie in unseren Köpfen fehlt. Auch das musste ich spüren, auch das Leid, die Dramen, wenn der Liebende verschmäht wurde, wenn sich die Liebe nicht erfüllen konnte. Denken Sie an Ihren Werther, der die Irrungen und die Finsternis seiner Seele mit einer Kugel vor den Kopf beenden will, der seine Geliebte mit einem Engel vergleicht, Lotte, die ihm heilig ist und alle Begier in ihrer Gegenwart schweigt. Ihn jedes ihrer Worte schweben ließ, jeder Ton ihm Qualen brachte, weil sie für ihn unerreichbar war. . . . So fühlte ich nach Julies Tod. Auch ich wollte nicht mehr leben. Das Leben hatte seinen Sinn verloren."

Pierre hatte glänzende Augen, als er erneut nach dem Weinglas griff. Als Buchhändler kannte ich etliche der Romane und Stücke, die von der Liebe berichteten und der Werther war mir wohl vertraut. Ich kannte auch einige der Gedanken und Zitate, die Pierre in seiner Erzählung nutzte und auch die sachlichen Bücher, die Fachliteratur, die doch viele dieser Phänomene der Liebe beschreibt. Ich selbst war in dieser Beziehung altbacken, wenn man so sagen will, jetzt nicht unerfahren aber wie meine Freunde sagten, ein Spätzünder. Erst spät, ich war schon neunzehn Jahre alt, hatte ich meine erste Freundin und natürlich war ich damals auch der blinde Narr, der die Fehler oder die Mäkel seiner Geliebten nicht sehen konnte oder nicht sehen wollte. Natürlich war ich träumerisch verliebt, war voller Tatendrang, wollte mit ihr die Welt bereisen, und schwebte mit ihr im siebten Himmel. Ich war voller Kummer, wenn wir uns nicht sehen konnten, zeichnete Bilder und schrieb Gedichte für sie auf. Noch heute erinnere ich mich an die erste Nacht mit ihr, fühle noch einmal das Abenteuer, noch heute wird mir die emotionale Abhängigkeit bewusst. Ich war oder bin in dieser Hinsicht ein Romancier, ein Troubadour der Liebe. Auch ich war der romantischen Liebe Untertan, spürte wie die Liebe mir Flügel verlieh. Ich erinnere mich, wie verzweifelt ich war, wenn wir uns nicht treffen konnten, sie auf Anrufe oder Briefe nicht reagierte und ich dann doch wieder neuen Mut und Hoffnung hegte, wenn wir in unseren Armen lagen. Ja, auch ich kannte die romantische Liebe, und wer könnte sagen, er oder sie hätte noch nicht diese schwärmerischen Gefühle erlebt? Wer hätte noch nicht die Sehnsucht nach emotionaler Vereinigung gespürt? Das Begehren, die Leidenschaft, das Verlangen, die Sehnsucht nach dem Verschmelzen mit dem geliebten Menschen. In der

Weltliteratur gibt es ungezählte Beispiele. Schon in den Mythen und Sagen der alten Völker finden sich Zitate. Das Bedürfnis, die Sehnsucht nach emotionalen Einklang, nach partnerschaftlicher Geborgenheit ist uns angeboren. Sie sind Teile der Überlebensstrategie, so wie das Verlangen nach sexueller Vereinigung. Nur wer liebt, der lebt.

Der Gastwirt schaute zu uns herüber, während er die Gläser trocknete und schaute auf die Uhr. Pierre bestellt noch einen Rotwein und tätschelte Hugo, der kurz aufgestanden war und sich jetzt auf die andere Seite legte. Ich war noch in Gedanken bei den Sachbüchern, die über die Liebe oder über ihre wissenschaftliche Erforschung geschrieben worden waren, erinnerte mich an die Umfragen und Versuche, vor allem in den USA und mit Studentinnen und Studenten. Da gab es die ethnologischen Beobachtungen in den verschiedenen Völkern, unter anderen auch in den Naturvölkern, es gab die vergleichende Verhaltensforschung, die Ethologie, die auch die menschlichen Liebesaktivitäten, unser Verhalten mit anderen Tiergruppen verglich, Tiere, die in „liebevoller Weise" miteinander umgingen. Es gab die Aufzeichnungen der Gehirnaktivitäten, die chemischen Analysen, die wissenschaftlichen Interpretationen der Bindungshormone. Vasopressin und Oxytozin, die viele bindungstypische Verhaltensweisen auslösen. Lust, Liebe und Bindung sollen von den chemischen, hormonellen Prozessen in unserem Gehirn gesteuert werden. Die neuronalen Schaltkreise werden von den Hormonen beeinflusst. Wir kennen chemische Substanzen, die unseren Körper beeinflussen. Adrenalin, das schon seit vielen Jahrzehnten bekannt ist. Hormone, die den Herzschlag beschleunigen, den Blutdruck erhöhen. Endorphine, die wie Morphium, wie Drogen unseren Körper in Rauschzustände bringen. Dopamin, das sprichwörtliche Glückshormon, Hormone, die stimulierende, entspannende oder schmerzlindernd-betäubende Wirkungen haben. Ist die Liebe und das Sexualverhalten ein von chemikalischen Substanzen gesteuerter, lebensnotwendiger Instinkt? Ist der Trieb oder die Begierde, sind sexuelle Instinkte und unsere Verhaltensweisen, sind das Flirten und Kokettieren in unseren Genen gespeichert? Aber war sie das? Die Liebe nur ein Instinkt, ein Trieb?

Die Lust, so las ich, die sexuelle Begierde ist eine menschliche Urerregung, die den Mann oder die Frau unerwartet überfallen kann. Ganz anders als das Hochgefühl der romantischen Liebe, zielt diese Erregung nach baldiger Befriedigung. Und mit Sicherheit ist es nicht von Ungefähr, dass die Natur sich diesem Drang gebeugt hat, dass der Zufall ein Hormon hat aufkommen lassen, das die Lust an sexueller Vereinigung erhöht und die Nachkommen damit zahlreicher werden lässt. Das Hormon Testosteron, das schon im Mutterleib unsere Geschlechtsentwicklung beeinflusst, dessen Menge sich im Blutspiegel über die Reifezeit erhöht, welches die Entwicklung der Geschlechtsorgane, das Haarwachstum und viele andere körperliche Veränderungen bedingt und welches uns unser ganzes Leben lang begleitet. Die Hormone beeinflussen überdies unsere Verhalten und beeinflussen letztendlich auch unsere Gedanken. Die Pubertät ist bekanntermaßen eine gefürchtete Zeit für viele Eltern. Durch die Hormonumstellungen im jugendlichen Körper, durch die Veränderungen in unserem Gehirn, befördert diese Reifezeit doch neue Verhaltensmuster zu Tage und kann unser gesamtes Gefühlsleben durcheinander bringen und auf den Kopf stellen.

Hormone, chemische Substanzen, die unser Verhalten beeinflussen? Aber ja! Es gibt so viele andere Beispiele, wie wir auf körpereigene Stoffe reagieren. Im Stress zum Beispiel oder bei Angst, wenn das Adrenalin unser Herz schneller schlagen lässt. Wie Hunger oder Durst sich in uns bemerkbar machen und uns letztendlich leiten und unser Handeln bestimmen. Und nicht nur körpereigene Substanzen greifen in unser Verhalten ein. Wie lange experimentiert die Menschheit schon mit Drogen und mit

Rauschmitteln? Wie viele Aphrodisiaka werden schon benutzt, um das sexuelle Begehren zu stimulieren? Was ist es an den Düften, die unsere Aufmerksamkeit erhöhen, das Interesse an einem unbekannten Menschen wecken? Wie oft hörte ich in Gesprächen den Ausdruck, „er ist von Testosteron gesteuert." Ja, das Hormon kann das Begehren steigern, die Lust anfachen und damit den Verstand ausschalten. Und wäre es nicht im Sinne der Fortpflanzung, wäre es aus Sicht der Evolution nicht einleuchtend, wenn dieser Zustand eintreten würde? Der Anblick einer nackten Frau treibt den Hormonspiegel in die Höhe, die visuellen Reize sind bei Männern ausschlaggebend, was auch die Werbung lange erkannt hat. Und auch die Liebe, die Chemie der Liebe, die Glücksgefühle, die Glückshormone beeinflussen den Gehalt an Testosteron. Auch die Glückshormone bestimmen letztendlich den entscheidendsten Akt des Lebens, den Instinkt der Natur, der Trieb zur Paarung und zur Kopulation. Das ist das Leben, das ist die Liebe, das ist die Liebe in unserem Leben. Aber hatte Pierre nicht gerade das gleiche gesagt?

„Mon Seigneur -, wo war ich stehen geblieben? So viele Gedanken gehen mir jetzt durch den Kopf, so viele Gefühle werden wieder in mir geweckt. Sehnsucht, zum Beispiel. Sehnsucht nach dem Gefühl der Geborgenheit, nach den Glücksmomenten mit Julie, nach dem Zusammensein. Julie war nicht meine erste große Liebe, oder hatte ich das schon gesagt? Miriam und Mariann waren Abenteuer. Lehrreiche Erlebnisse, die mich sicherlich beflügelten, jede auf ihre eigene Art. Die zu diesem Zeitpunkt ihre eigene, unbewusste Zauberkraft hatten, ihre sinnlichen Reize entfalteten. Miriam, meine Cousine, wie ich sagte, war ein kindliches Abenteuer, ein Erproben, ein Erkunden meiner und ihrer Gefühle, der Anziehungskräfte und Reize. Die Episoden waren natürliche Geschehnisse, die nicht aus Begierde oder eigenem Willen entsprangen. Noch heute hege ich liebe Gedanken daran, Fantasien, die mich augenblicklich gütig stimmen, die mir das Herz erweichen, gefüllt von romantischen Empfindungen, aber diese eine leidenschaftliche Liebe war es nicht. In Mariann war ich vernarrt, ja ich hatte anfangs sehnsüchtige Gefühle, vielleicht dachte ich auch an Liebe, aber da sie mir nicht erwidert wurde, blieb mir allein der jugendliche Flirt, die Feuerprobe oder das Glücksspiel, das in abgewandelter Form auch so manchen meiner Freunde reizte. Die Aufforderung, die Eroberung der attraktivsten Mädchen in der Schule, die, so kam es mir vor, auch diese Herausforderung anvisierten, sie indizierten, sie debütierten, sie erhofften. Vielleicht tat es die ein oder andere Mitschülerin unbewusst, aber doch mit Raffinesse, oder auch in gegenseitiger Konkurrenz, in einem Wettbewerb. Auch die Mädchen wollten unsere Aufmerksamkeit, wollten beachtet werden und anziehend wirken. Schön sein. Warum sonst sollten sie die engen Jeans anziehen, die figurbetonenden Pullis, den kurzen Rock oder das viel zu knappe T-Shirt? Die Hochglanz Magazine zeigten, wie jemand begehrenswert erscheint. Sie schminkten ihr Gesicht, banden ihre Haare, je nach der Mode und gewagter Attraktion, zum wippenden Haarschwanz oder in frecher Ausstrahlung, kurz, modern und provokativ. Manchmal glänzten ihre Augen, die Wimpern waren geschwärzt und die Lippen rot und ihre Lächeln waren bezaubernd. Erst nur ein kurzer Blick, schüchtern und doch herausfordernd. Beiläufig sagten sie ein paar verlockende Worte oder solche, die mir charmant erklangen. Manchmal kicherten sie auch untereinander, was mich verunsicherte, irritierte, ärgerte und ab und zu auch kränkte."

„Die Mädchen organisierten Partys. - Mon Chéri, magst du am Wochenende auf unsere Party kommen? - fragten sie mich. Mit Musik und bei Kerzenlicht saßen die Pärchen dann auf der Couch und in den Sesseln oder wir tanzten langsame Tänze. Die Mädchen lagen in unseren Armen bei Kuschel-Rock, wir drehten uns mit ihnen langsam im Kreis, Wange an Wange. Ich sehe mich noch vor mir, wie ich meine Arme um Christin legte, meinen Kopf ganz nah an ihrer Seite, wie ich ihre Haare riechen und auf meinen Wangen fühlen kann. Ich spürte ihren Körper, hielt die Hüften in den Händen. Ich spürte den Druck ihre Brüste, die Beine berührten sich, der Druck, der mich erregte, der mich schwindeln ließ, bis wir uns ganz liebevoll küssten und uns dann auf der Couch zusammen taten, uns zärtlich berührten und selig verliebt uns in die Augen schauten. Es war Romantik, nur Schwärmerei. Das war die Jugend. Wir taten das, was alle taten. Das gehörte auch zum Spiel."

„Und meine Affäre mit Nathalie fällt mir ein, die liebe, pummelige, immer lächelnde Natalie, die mich mit ihrem roten Renault ein Stück des Weges mitnahm, die mit Leichtigkeit durch das Leben ging. Nathalie, die mich verführte. Es war sie, die mir das Blut zum Kopfe trieb, dass mir heiß und bange wurde. Nathalie wusste das Leben zu genießen, so kam es mir später vor. Sie wusste meine Neugierde zu wecken, mein Interesse, meine Leidenschaft zu entfachen. Sie wusste die richtigen Fragen zu stellen, den zweideutigen Witz zu offerieren, der nichts und alles bedeuten konnte. Es war ein aufregendes Spiel, ein aufregendes Gespräch, das jedem Wort, jeder Aussage seinen Spielraum bot. Eine Konversation, die meinen Scharfsinn kitzelte in dem sie mir scheinbar unschuldige, zugespitzte Fragen stellte, um ihr luftiges Kleid mit den roten und gelben Blüten in dem Moment über das Knie zu streifen, in dem ich ihr eine Antwort schuldig blieb. Es war so natürlich und selbstverständlich, dass sie dann in den Waldweg abbog und wir uns innig liebten."

„Über die Jahrhunderte mag sich die Mode geändert haben, mögen sich die Rituale gewandelt haben. Das Werben und Kennenlernen gehörten immer schon dazu. Das Flirten, Liebäugeln, das Tändeln oder wie Sie es auch nennen wollen. Es ist der Balztanz des Menschen. Wie sonst sollten wir den für uns richtigen

Partner oder die richtige Partnerin finden? Die neu aufgekomme-
nen Partnerschaftsagenturen können auch nur ein Einstieg sein,
sie erweitern die Kontaktmöglichkeiten. Aber dann muss sich im
Spiel der Liebe beweisen, ob er der richtige Partner, ob sie die richtige Partnerin ist oder sein wird. Auch früher und in manchen
Ländern, in manchen Kulturen entscheiden oder entschieden die
Eltern, wer wen heiraten soll, kamen Heiratsvermittler in das
Spiel, oder es wurden Lebensbünde nach wirtschaftlichen oder
sozialen Gründen geschlossen. Aber letztendlich mussten auch
dann die Gefühle, die Instinkte ihre Rolle spielen. Der Mann
wollte die Frau begehren, die Frau, die er für sein Leben sucht, die
er erobern will. In seiner Fantasie suchte er die ideale, bestmögli-
che Partnerin für seine Träumereien oder Ziele, die viel beschwo-
rene Traumfrau, die ihm alle Wünsche erfüllen wird. Die Frau,
die Sinnlichkeit ausstrahlt, mit Lebenslust sprüht, die gesund und
fruchtbar ist und eine natürliche Ausstrahlung hat."

„ Und auf der anderen Seite des Liebespiels ist die Frau, die
den Mann fürs Leben will, der ihr immer treu zur Seite steht und
sich dauerhaft um sie und die Kinder kümmern wird. Dieses Werben oder auch Flirten sind die viel zitierten Strategien des Lebens,
die für unseren Erhalt vorgeschrieben werden. Es mag sein, dass
die Signale der Werbung früher offensichtlicher waren, der
Stärkste, die Fruchtbarste, der Edelste, die Schönste, der Vernünf-
tigste, die Fürsorglichste. Immer gab es und gibt es diese Eigen-
schaften, diese Charakteren oder Kennzeichen, die unser Verhalten und unsere Entscheidung beeinflussen. Die Vorstellungen o-
der Ideale wechselten durchaus mit der Zeit und waren und sind
in den verschiedenen Kulturen unterschiedlich. Aber wie so oft
im Leben, setzt sich die ein oder andere Mode oder Methode, die
ein oder andere Geschicklichkeit, Klugheit oder List durch und
wird undurchdringlicher, sublimer."

„Wie oft schaute ich Julie bei der Arbeit zu, wie oft hatte ich
das Gefühl sie stellte sich in Pose, zeigt mir ihre körperlichen

Reize. Und dann war es doch nur meine Fantasie. Oh, die Fantasie hat mir viele Streiche gespielt. Aber sie gehörte, nein sie gehört mit zu diesem Spiel. Waren die körperlichen Reize einer Frau in der Frühzeit offensichtlicher, haben sie sich den zeitlichen Veränderungen angeglichen, haben sich den wandelnden kulturellen Bedingungen angepasst. Die ideale weibliche Schönheit konnte mädchenhaft schlank sein, mit leicht gerundeten Schultern und festen Brüsten, oder sie war madonnenhaft, mit schmaler Taille oder ausladend und üppig in den Formen. Die Malerei hat uns viele Beispiele der Schönheitsideale hinterlassen und Frankreich hat in seiner Geschichte sicherlich seine Beiträge zu dieser Entwicklung beigetragen. Mon Seigneur -, denken Sie an die Zeit des Sonnenkönigs, Roi Soleil, der Beiname, den Ludwig XIV bekam. Die Moden und das höfische Verhalten hatten einen starken Einfluss in dieser Zeit. Der galante französische Stil bei Hofe wurde das Vorbild in ganz Europa. Denken Sie an die christlich frommen Bräuche der Liebeswerbung in bürgerlichen Familien, sittsam, verschämt, - oder die Rituale in reichen Bürgerhäusern. Bestimmte Moden oder Kleider sollten verführerisch wirken. Schmuck und Schminke die Neugierde oder die Aufmerksamkeit erregen, so wie man einem schönen Menschen überhaupt viel geneigter ist, ihn oder sie kennenzulernen. Mon Seigneur -, habe ich nicht recht? Vom Kurvenwunder sprach der Zeitgeist, dann wollte oder sollte jede Frau hager und jugendhaft sein, der Minirock wurde erfunden, der Bikini. Ich habe es selbst in den Magazinen gelesen. Die Schönheitsideale wandelten sich, die Actionfrau, das Supermodel, die Kindsfrau und das Busenwunder und der Super-Po. Diese Ideale kommen nicht von ungefähr und es sind oft die Frauen, die den gesellschaftlichen Vorstellungen der Männer angepasst werden"

„Mon Seigneur -, manchmal wusste ich nicht mehr wie mir geschehen sollte. Ich sah Julie in diesen Bildern, sah sie als fröhlich singende Sirene, als demütig keusche Nymphe. In ihrem Sonntagskleid, das besonders ihre Taille betonte, welches mir fast durchsichtig erschien vor den Strahlen der Sonne, ließ mich schier verzweifeln, so wollte ich sie augenblicklich in die Arme nehmen, sie tragen und liebkosen. Manches Mal wusste ich nicht, ob ich diesen Zustand herbeisehnen oder fürchten sollte. Und noch war alles nur in meinem Kopf, spielte die Fantasie ihre Spiele. Aber sie hatte viele, erotische Vorbilder. Unsere Gesellschaft, die Werbung, die Medien, Bücher, Filme und unsere Eltern hatten uns, hatten mich darauf vorbereitet. Wir lernen die Verhaltensmuster und die Verhaltensregeln. Die unterschiedlichen Kulturen, die verschiedenen Länder haben ihre eigenen, charakteristischen Werbemethoden. Bei uns in Frankreich sind die Männer stürmischer, pathetischer, es wird viel darüber geredet und geschrieben. In manchen Kulturen oder Gemeinschaften ist die Werbung ritualisierter, sind feste Regeln zu beachten. Es ist die unendliche Spielwiese der Liebelei, der Liebhaberei, die jeden Menschen, jedes Paar neu bezaubern und verzaubern kann."

„Die Attraktivität einer Frau war und ist uns wichtig, ihre Anziehungskraft und Verlockung, der erste Blick, der erste Eindruck und ihr Erscheinungsbild. Wenn Julie nicht so attraktiv gewesen wäre, wäre das alles nicht passiert. Das Modebewusstsein steuerte auch meine Aufmerksamkeit, ihr selbstständiges Auftreten, ihre sportliche Figur, welche Julie auf dem Motorroller noch fescher und jugendlicher machte. Begehrenswert. Ihre zurückhaltende und dennoch sichere Selbstdarstellung setzten sich durch, sie beeindruckte mich. Ich war ihr verfallen. Das was meine Sinne wahrnahmen, das was meine Augen sahen, das was ich hörte und roch, fühlte und schmeckte, hat mein weiteres Handeln dirigiert. Die Signale der Erreichbarkeit, die ich empfing, ließen mir keine Ruhe. Ich spürte die Wallungen in mir. Ein Brennen. Für mich war es schon mehr als ein Flirt, das Geplänkel, das manchmal unbewusst oder auch planvoll eingesetzt wurde. Dieser leichte Flirt, ein Blinzeln mit den Augen, der interessierte Blick, das nonchalante Gespräch, es ist der Einstieg zum Kennenlernen, es ist der angeborene Naturtrieb und Handlungsablauf für unser Liebesleben. Wir haben es in unserer Jugend ausgekostet. Aber Julie war anders. Alles war anders. Die Empfindungen aus meiner Fantasie genährt, sie fraßen mich auf. Wie ich mich an ihrem Anblick weidete, wie ihre roten Lippen, ihre dunklen Augen, ihr munteres Gesicht meine Seele beherrschten und dieses Spiel, dieses Liebesabenteuer, dieses Wechselspiel der Gefühle hat mich um den Verstand gebracht, hat mich in den Wahnsinn getrieben und mich – und mich und Julie . . . ."

Mein Mobiltelefon klingelte. Es war Charlotte, die sich Sorgen machte. Ich war fast zwei Stunden unterwegs, klagte sie, ohne mich zu melden. Am Meer und bei den Klippen konnten doch so manche Gefahren auftauchen, konnte so manches passieren. Ich versicherte ihr, dass wir, Hugo und ich, uns in absoluter Sicherheit befanden und erklärte ihr mit wenigen Worten die Situation und dass wir bald oder doch rechtzeitig vor dem Essen und der Neujahrsfeier zu Hause sein werden. Pierre hatte mich mit seiner Geschichte gefangen genommen. Das Wechselspiel der Gefühle, das menschliche Leben, unser Handeln und Denken. Auch ich befand mich zurzeit in einer Situation, die ein auf und ab verschiedener Gefühle bemerkbar machten. Die Entscheidung nach Frankreich in die Normandie zu ziehen, hier mein Leben weiterzuleben, war auch mit Gefühlen der Sorge oder Unsicherheit verbunden und gleichzeitig spürte ich die Neugierde, das Abenteuer, das mit dem Gefühl der Hoffnung verbunden war.

Liebe, ist das ein Gefühl, oder ist das ein Zustand, nur eine vorrübergehende Phase? Wir Menschen sprechen von Gefühlen. Wir sind verliebt. Ein Zustand, der uns mit Freude und Glück erfüllt, solange das Objekt der Liebe erreichbar ist, solange sich unsere Erwartungen und Wünsche erfüllen. Mit der Liebe fühlen wir den Zustand des Glücks, sind euphorisch, beschwingt, voller Energie. Die Liebe entfesselt die Kräfte für unser weiteres Schaffen. Ein wichtiger Baustein im Fortlauf des Lebens. Liebe ist ein Teil unseres Lebens, ein wichtiger Handlungsablauf, ein von der Natur aus gewünschter Antrieb, eine Regung, Erregung, ein Lebensgefühl, so wie es auch andere Gefühle gibt. Lustgefühle, Schamgefühle, Angstgefühle. Sind dafür unsere Gefühle da? Sind deswegen Gefühle wichtig? Helfen sie uns unser Leben zu meistern? Geben sie uns Kraft? Steuern sie unser Verhalten? Warum kennen wir die Gefühle der Angst, der Trauer, das Gefühl der Scham? Ist Hass ein Gefühl? Die Hoffnung oder die Angst? Was ist mit Vertrauen oder Ekel, Enttäuschung, Mitleid, Sympathie, Neid und Stolz? Sind Emotionen und Gefühle unterschiedlich? Wann fühle ich, wann handele ich? In wenigen Sekunden kamen mir diese Gedanken durch den Kopf, die ich gerne ordnen wollte, über die ich nachdenken wollte.

Gefühle, körperliche Empfindungen, die uns motivieren, die unser Handeln beeinflussen, vielleicht sogar das Handeln erzeugen, die unsere Gedanken in Richtungen lenken, um mit unserer Umwelt, um in unserer Gesellschaft, im Kreis der Familie, der Freunde, unserer sozialen Beziehungen und Verbindungen zurecht zu kommen. Gefühle, die unser Verhalten letztendlich mitsteuern und wichtige Elemente des Zusammenlebens sind. Bewunderung, Freude, Liebe, Stolz können uns positiv motivieren und unsere Aktionen verstärken. Ekel und Angst können uns vorsichtig machen, Hass kann uns aggressiver machen und unkontrollierte, furchtbare Handlungen verursachen. Mir wurde klar, dass Gefühle ein wichtiger Teil unseres Lebens sind, unseres Zusammenlebens sind und ich wollte mir jedes der Gefühle genauer anschauen und begreifen, welchen Einfluss es auf unser oder mein Verhalten hat. Und ich hatte in diesem Moment die Erkenntnis, dass wir uns dieser Gefühle bewusst werden können, dass sie nicht unbemerkt uns überkommen oder beeinflussen.

Wir sind keine biophysikalischen Maschinen, die nur auf Reize, Triebe oder Instinkte reagieren, die sich ausschließlich von

Gefühlen leiten lassen. Wir haben Bewusstsein! Wir haben Verstand! Wir können die Zusammenhänge, das komplexe Netz aller Interaktionen in unserer Umwelt studieren, sie untersuchen und die Auswirkungen unseres Handelns auf die Umwelt erkennen und wissenschaftlich erklären. Und wir haben schon so vieles erforscht und verstanden. Mit diesem wissenschaftlichen Verstand müssen wir die Zukunft planen, so wie wir unser Leben planen und unser ganzes Handeln. Die Gefühle können uns warnen, die Gefühle können uns erregen, uns motivieren und belohnen. Die Natur hat uns die Gefühle gegeben, weil sie wichtig waren und wichtig sind. Ohne die Gefühle wäre das menschliche Handeln, wären die zwischenmenschlichen Verhaltensweisen nicht zustande gekommen. Zuneigung und Liebe formen unsere Bindung zu anderen Menschen. Mutterliebe schützt und begleitet die Kinder. Und war es nicht Mitleid, das mich in diese Situation gebracht hatte? War es nicht zuerst das Gefühl der Anteilnahme, Mitleid, das mich überkam, welches zur Hilfsbereitschaft führte, der bewusste Gedanke zu helfen, etwas zu tun, um diese Not zu lindern, der ein Handeln erforderte? Hilfsbereitschaft, Menschenliebe, Nächstenliebe, die mich bewog Pierre in dieses Lokal einzuladen? Da war sie wieder, die Liebe, die Menschenliebe. Das Gefühl.

Wie sich unsere Gedanken doch entfalten. Das kurze Telefonat mit Charlotte hatte meine Aufmerksamkeit umgeleitet und einen neuen oder anderen Fluss der Betrachtungen bewirkt. Pierre hatte den Kopf in seine Hände gestützt und rieb sich die Augen. Es waren nur wenige Sekunden vergangen und doch kam es mir wie eine intensive, längere Zeitspanne vor. Ich wartete und suchte wieder in seinem Gesicht oder seinem sichtbaren Gebaren den Anknüpfungspunkt. Er sprach von der Liebe zu Julie, die ihn um den Verstand gebracht hatte. Ich konnte die Sorgen oder seinen Kummer aus seinen Bewegungen der Hände erkennen. Das Reiben der Augen, die Gesichtszüge, der Blick, der mich traf, als er die Hände wieder zu seinem Glas Wein führte, der traurige Blick, der Mund, alles in seiner Miene, seiner Mimik sprach von Trauer und Unglück. Alles sprach mich an, sprach mich und meine Gefühlswelt an.

„Entschuldigen Sie, - Mon Seigneur -, ich wollte nicht stören."

„Nein, nein, ganz und gar nicht", sagte ich. „Meine Frau hat angerufen, weil sie sich Sorgen machte und ich musste an so viele andere Dinge in diesem Moment denken. Mein Name ist Wolfgang, ich denke es ist an der Zeit, dass wir uns vorstellen."

„Pierre, ich bin Pierre - und vielen Dank für die Einladung. Es tut gut mit ihnen zu reden. Es ist schön an diesem Abend in dem Lokal zu sein, unter Menschen. Es ist schön, wenn man jemanden hat, der oder die sich Sorgen macht, so wie ihre Frau. Es ist schön eine Familie zu haben, die sich kümmert, zusammen zu sein, eine Frau und Kinder zu haben, für die man sorgen kann, die auch für dich sorgen. Einen Vater, eine Mutter, der Onkel aus Cap Ferret und die ganzen Verwandten, die glücklichen Familientreffen, das sorgenlose Dasein. Ich wünschte ich könnte die Zeit zurück drehen. Wieder zurück in die Geborgenheit unserer kleinen Familie im Garten der Liebe und der Sinne. Ich wünschte ich könnte die Zeit zurückdrehen und Julie wieder in den Armen halten, so unschuldig verliebt, wie Gott es uns gegeben hat. Ich wünschte ich könnte mit ihr wieder jeden Morgen aufwachen, mit ihr den Tag beginnen, mit ihr den Sonnenschein begrüßen, die Zeit genießen, mich an sie schmiegen und sie umarmen. Ich wünschte ich könnte wieder ihre Wärme spüren, mich mit ihr fallen lassen in das Reich der Sinnlichkeit, sie riechen, sie schmecken, ihr tief in die Augen schauen, mein Ohr auf ihren Bauch legen, sie streicheln und liebkosen, mich in ihr verkriechen und mit ihr lachend durch die Lüfte schweben. Aber Julie gibt es nicht mehr. Julie ist Tod."

Pierre lief ein kleines Rinnsal von Tränen über die Wangen. Er schnäuzte sich in ein zerknülltes Stofftaschentuch, das er aus seiner Parka Tasche zog. Die Erinnerungen, die Gefühle haben ihn überwältigt. Aufgewühlt und unruhig rutscht er über seinen Stuhl, wischt sich die Augen und schluchzt. Er greift zu dem Glas Rotwein und nimmt einen tiefen Schluck. Räuspert sich und atmet tief durch. Es sind wieder die Gefühle und die Erinnerungen daran, die in ihm geweckt werden, ihn in diesen Zustand versetzen und ihn so handeln lassen. Ich stelle mir vor, wie verzweifelt er sein muss, wenn keiner zugegen ist, wenn er nicht in der Öffentlichkeit wäre, die ihn vielleicht anders handeln lässt, die mit Sicherheit seine Trauer und seine Gefühle begrenzen. Mit leichter Verzögerung in den Worten, mit schmerzlichem Stocken begann Pierre wieder seine Geschichte, nachdem der Wirt ihm noch ein Glas Wein aufgetragen hatte.

„Es war an dem Markttag in Dieppe, als Julie und ich zusammen fanden. Murielle, ma Maman, ging manchmal nach Dieppe zum Einkaufen oder zum Friseure. Die Auswahl der Geschäfte ist größer. Dieppe hat den Flair einer Großstadt und mit dem Hafen und den Ambiente eines Badeortes verspürt man eine ganz besondere Andersartigkeit und sie fühlte sich weniger beobachtet als in unserem Städtchen oder in Fécamp. Besonders am Markttag ging sie gerne nach Dieppe, da gibt es sehr viel zu sehen und zu kaufen. Es ist einer der schönsten Märkte in der Region, - Mon Seigneur -, da müssen Sie unbedingt auch einmal hin fahren. Mais frais, - sicher waren Sie mit Ihrer Frau schon in Dieppe. Julie und ich waren auch in Dieppe. Julie und ich. Es war herrlich. Mit ihrem Roller durch die Landschaft zu fliegen, ja so kam es mir vor. Wie glücklich ich war, wenn ich mich an ihrem Körper fest halten konnte, es war eine Wonne, eine Lust und Lebensfreude mich fest an ihren Rücken zu drücken und ihre Haare in meinem Gesicht zu spüren, die lebhaft mit dem Fahrtwind wehten. Wir waren auch öfters ans Meer gefahren, bei schönem Wetter, bei blauem Himmel. Wie zauberhaft die Landschaft für uns war. Wir entdeckten verwunschene Bäume, lagen unter ihrem Blätterdach und liebten uns. Wir liebten uns. Ja, es war an diesem Tag, als Maman nach Dieppe fuhr. Julie war im Garten beschäftigt und ich hatte wieder die Arbeit im Salon übernommen, das Abschmirgeln der Holzdecke. Die Sonne schien durch die Fenster und ich konnte den Staub sehen, der in der Luft sich wirbelte. Also stieg ich von der Leiter, um die Fenster zu öffnen, was ich ja auch am Anfang hätte machen können. Ich zog die Schutzmaske und die Brille ab und ging zum Fenster. Nur ein paar Schritte vor mir, vor dem Beet, vor dem Blumenbeet der Stauden, der gelben und rötlichen Blüten, sah ich Julie kniend die Erde bearbeiten. Wie sie auf allen vieren entlang der Rasenkante kroch, zwischen den Pflanzen jätete und schaute, den Boden lockerte und scheinbar in sich gekehrt, fast meditativ ihrer Arbeit nach ging. In ihren kurzen Hosen war sie unvorstellbar sexy. Nur so kann ich es sagen. Ihre Haare waren zu einem Knoten gebunden und ein rotes Band hielt den Dutt fest. Ein paar Strähnen fielen über ihre Wangen, die sie mit dem Zeigefinger öfters hinter die Ohren legte. Eine Geste, die mich schon vorher bei ihr begeistert hatte, die mich erregte, ihre Anmut steigerte. Jetzt, im sonnenbeschienen Garten, zwischen den erblühten Pflanzen, den farbenprächtigen Bild der Blumen, glänzten ihre schwarzen Haare, die Strähnen funkelten im Sonnenlicht. Ich schaute, ich starrte, ich finde nicht das Wort dafür, ich war mesmerisiert. Ich konnte ihr Ohr gut sehen, die weichen Härchen der Haut in ihrem Nacken. Die Wirbel zeichneten sich ab, bevor der schlanke Hals unter dem bunt karierten Hemdkragen verschwand. Manchmal verrutschte der Hemdkragen, und ich konnte ihr Schlüsselbein sehen, den Schatten, wenn sie um sich griff, sich drehte, um ein Büschel Gräser in der Korb zu werfen. Sie summte ein Lied. Ich schaute auf ihre Hüften, schaute auf ihren Po. Sah die schlanken Beine, die braungebrannten Waden.

Eine Liebkosung, eine Umschlingung erfasste mich, ein Vibrieren der Nervenfasern, ein Ziehen in den Lenden. Ich atmete das Parfum, das Götter erzittern lässt. Ich war gebannt von diesem Anblick. Das Rauschen erfasste meine Gedanken, schoss heißblütig in meinen Kopf. Ich zog die Handschuhe aus und ging. Ging wie ein Dieb die Treppe hoch, ging in die Mansarde. Ich schaute auf die seidenen Tücher, die vor Julies privaten Reich hingen, strich mit den Händen entlang der Stoffbahnen, hielt inne und drehte mich, drehte mich um, weil mir doch die begehrlichen Gedanken zu falsch waren, die Sittlichkeit, der Frevel, die Scheu, der moralische Skrupel überhandnahm - ich weiß nicht mehr was mir widerfahren war, was in mich gefahren war, - dreht mich um und da stand sie."

„Ohne eine Wort zu sagen, mit entschlossenem Blick trat sie vor mich, hielt mich mit beiden Händen an den Schultern fest und drückte mich durch den seidenen Vorhang, schob mich weiter bis zu ihrem Bett und fiel mit mir auf die weichen Kissen und Decken, lag auf mir, hielt sich an mir fest und schaute mit leuchtend, auffordernden Augen in mein Gesicht. Ich hatte kaum Zeit meine Gedanken zu sammeln oder überhaupt zu denken. Ich war kopflos, frappiert, ich ließ mich fallen, ließ einfach geschehen was dann kommen mag. Sie nahm meinen Kopf in beide Hände, zog mich zu ihrem Mund und küsste mich mit geschlossenen Augen. Erst zart und feenhaft, mit leichtem Druck und ihre Zunge berührte in Interwallen meine Lippen. Sie schaute auf, schaute in meine Augen, suchend und bestimmend, drückte wieder ihren Mund auf meine Lippen, fester, fordernder und schob ihre Zunge in meinen Mund."

„Das letzte Zögern, das vielleicht noch in mir war, wich und wie in einem natürlichen Fluss der Dinge, wie in einem ewig dauernden Film, einer zeitlosen Ewigkeit, glitten wir weiter, bis wir nackt aneinander lagen, bis ich ihre Haut auf meiner Brust spüren konnte, bis sich unsere Schenkel berührten, meine Hände ihre

Scham berührten, sich bewegten, glitten, die Erde zu beben begann und wir auf einer Welle weiter rollten, weiter in das Reich Nirwanas, in das Meer der Besinnungslosigkeit, in dem wir unbewegt lagen, bis Julie mich wieder anschaute, nur mich sah und mit den Augen mir sagte: Ich liebe dich. Ich bin voll Glück. Wie von weit weg höre ich mich murmeln, für immer, nie mehr weggehen, nur du und ich."

„Mon Seigneur -, die Erinnerungen an jene Stunden machen mich dankbar. Sie machen mich glücklich, auch wenn mit ihnen die unsäglichen Gefühle, die unfassbaren Gedanken und schlimmen Taten wieder kehren. Sie sind das Glück meines Lebens und dann frage ich mich wieder und immer wieder, warum musste es so weit kommen, warum ist es so kommen, wie es geschah? Warum zerstören wir das, was wir lieben?"

„Warum können wir unsere Liebe nicht pflegen, sie vermehren wie die Blumen, die Pflanzen, Kräuter, Stauden, Büsche und Bäume in unserem Garten der Sinne? Wie wunderbar erfreuen wir uns der Partitur von Farben, Aromen, Düften, Texturen, flanieren durch das Labyrinth der Sinne und Gefühle und suchen es zu erhalten. Warum können wir die Liebe nicht erhalten, so wie sie über uns kommt, können weiter in dem Taumel der Glückseligkeit wandern, können Berge versetzen, können weiter im Paradies leben und unsere Herzen erwärmen, die Gefühle erwecken, wie an der lebendigen Natur. Julie und ich waren glücklich in diesem Garten, in unserem Garten der Sinne. Wir lebten und liebten in ihm, wir lebten und liebten mit ihm. Er gab uns Nahrung und Spiritualität. Es verging kein Tag, an dem wir uns nicht liebten, an dem wir uns nicht in den Armen lagen und unsere Gefühle mit den Augen erforschten. Jedes Projekt, jede kleine Tat wurde zum Abenteuer, jedes Festmahl zum Fest der Sinne, jeder Kuss der Morgensonne vervielfachte unsere Empfindungen, ließ uns mit so viel Wonne überströmen. Der Garten wurde zur Symphonie unserer Sinne. Wir befühlten seine mannigfaltigen Geschöpfe, waren Teil der täglichen Schöpfung, dem zeitlosen Werden und Vergehen. Wenn ich in ihren Armen lag, wusste ich: Das ist es!"

„Und jetzt! Jetzt strecke ich meine Arme nach ihr aus, werde geplagt von schweren Träumen. Dann täuscht mir, ich liege wieder in unserem Garten, ich halte ihre Hand und bedecke Julie mit tausend Küssen. Ich suche sie zu halten, will sie wieder lebendig an meiner Seite sehen, vergebens. Ein Strom von Tränen bricht aus meinem gepressten Herzen und ich weine trostlos einer finsteren Zukunft entgegen."

„Ich versuchte mich abzulenken, - oder, - nein, - nicht versuchte, sondern dass diese Betäubung so zufällig geschah, ich von einem Gedanken auf den anderen kam, ich mich in diesem Spiel der Gedanken verlor, ich den Zustand der Gedankenverlorenheit erreichte und wie jetzt, ich doch wieder bei dem Sinnen an Julie verweile, zu ihr zurück komme, dass mich diese inneren Kräfte immer wieder zu ihr zurückbringen, zu ihr, die Liebe, ihre Blüten und Wunder."

Ich stutzte. Ein Gedanke schoss mir in den Strom der Mitgefühle. Mir kamen einige dieser Worte, dieser Sätze sehr bekannt vor. So viel wurde über die Liebe geschrieben, dass es mich nicht verwundern sollte. Gepresste Herzen, trostlose, finstere Zukunft – wie oft hatte ich darüber schon in Büchern gelesen? Das Glück der Liebe, die Schmerzen des Verlustes, das Auf und Ab der Gefühle, das Leben. Julie war nicht mehr. Noch wusste ich nicht was geschehen war, wusste nur das Julie nicht mehr lebendig war. Das etwas schreckliches geschehen sein musste. Der Tod verfrüht kam und sie holte. Das ihr Glück, das Glück von Julie und Pierre verloschen war. Romeos Liebe zu Julia kam mir in den Sinn, die beide in ihrer Liebe zueinander den Tod fanden. Wie viele Bücher kannte ich, in welchen die Liebenden tragisch endeten? Unzählige

Episoden berichten aus der Geschichte der Menschheit über die Verhängnisse und die Schicksalsschläge der Liebenden. Wie oft war es die Eifersucht, die den Mann zum Mörder und die Frau zur Mörderin machten. Mit welcher Wut und mit wieviel Raffinesse haben die Betrogenen sich gerächt, waren der Kontrolle, dem Willen und dem Verstand entzogen.

Aber was sollte ich hier deuten? Ich selbst habe geliebt und die verschmähte Liebe kennengelernt, war jung und hatte meine Affären. Ich selbst habe doch auch davon gekostet, habe die menschlichen Abgründe gesehen und die Glücksmomente genossen. Das ständige Rad des Lebens. Der ständige Fluss der Dinge, das Leben in all seinen Varianten, alles was wir erfahren und erleben, all die Dinge, die in der Natur verborgen liegen und sich entfalten können. Wie oft wurde schon darüber geschrieben und nachgedacht! Geboren werden um zu lieben, lieben, um neues Leben zu gebären. Leben, um zu sterben. Doch wir Menschen in unserer Eingeschränktheit sehen nicht die Magie hinter dem ganzen Zauber. Die menschliche Natur kennt nur ihren eigenen Schmerz, ihr Leid und ihre Freuden. Wer wollte so hoch über den Dingen stehen, dass er sich selbst im Räderwerk des Lebens erkennt, sich immer, zu jeder Zeit, seines Handelns bewusst ist? Ist es nicht so, dass wir oft nur funktionieren? Oft nur reagieren? Unser Leben leben?

„Julie fühle sich sicher in unserem Garten, fühlte sich sicher in meinen Armen. Es waren schon mehrere Wochen vergangen, seit sie mit ihrem Roller zu uns kam. Auch Maman hatte Julie auf ihre Art und Weise lieb und gab ihr das Gefühl von Geborgenheit. Die gemeinsamen Stunden bei der Arbeit im Garten, die gemeinsamen Zeiten in der Küche, beim Kochen, die Gespräche, die gemeinsamen Essen. Der Garten war eine Zuflucht, ein Refugium. Sie wollte hier zu Ruhe kommen. Unsere Liebe war Musik. Unsere

Worte die Akkorde, die Buchstaben der Klang, sinnliche Liebe voller Harmonie. Ich war verzaubert."

„Welch eine Freude jeden Morgen aufzuwachen und die Liebste an der Seite zu spüren, zu fühlen, zu sehen, sie zu verinnerlichen, sie zu einem Teil deines Lebens zu machen, ein Herz und eine Seele zu werden, wie der Volksmund sagt. Jeden Morgen, ob Regen oder Sonnenschein, Julie am Frühstückstisch in die Augen zu schauen, sie anzuschauen, wie sie die Tasse heißen Tee mit beiden Händen vorsichtig zum Munde führt, den Dampf leicht darüber blies, um den Rand zu kühlen und dabei mir in die Augen blickte. Wie schön sie ist, dachte ich. So anmutig und zerbrechlich. Wir neckten uns, wir freuten uns, erzählten von vergangenen Abenteuern, von Reisen und Wünschen und Zielen. Wir planten, - die Stunden, die Tage, die Zeit. Julie erzählte mir von ihren Träumen, dass sie auch an Kinder dachte, über eine Familie nachsann. Warum auch nicht? Kommt nicht jeder einmal zu dieser Frage, kommt nicht jeder in diese Lage, den Umstand und die Tatsache, sein Leben mit einem anderen Menschen zu teilen? Zusammen zu ziehen und zusammen zu leben? Eine Familie zu gründen und ist es nicht natürlich und notwendig, wenn man sich liebt, wenn man zusammen schläft auch über Kinder nachzudenken?"

„Mon Seigneur -, diese Fragen kamen mir immer häufiger in den Kopf. Mit jedem Abenteuer am Strand, jedem Küstenspaziergang hoch auf den Klippen, mit jedem Ausflug, jedem Tag und Wochenende, mit jedem Lachen, Seufzen, Streiten und Tun. Mit all unseren Sinnen und Gefühlen näherten wir uns aneinander an, nährten uns gegenseitig von unserer Liebe und wurden zu einem Paar und es gab nichts, was mich glücklicher hätte machen können. Julie wurde mir zur Seelenverwandten, wurde mir zur Schwester, zur Freundin, zur Kollegin, die ich alle in ihren Vorzügen, ihn ihren Schönheiten, Neigungen und Werten lieben konnte, es gab keine Makel, Schwächen oder Fehler. Es war perfekt. Wir waren jung, die ganze Welt stand uns offen, lag uns zu Füßen. Unser Temperament, unsere Anlagen, kurzum, unsere feurige Natur fühlte ihre inniglichen Bedürfnisse, die ich mit Schmeicheleien und Julie mit Grazie, mit Beauté noch vermehrten. Das Gefühl, das Verlangen war unwiderstehlich, jeden Tag sehnten wir mit neuem Glück herbei und keiner sollte schnell vergehen. All unsere Hoffnung, all unser Glück lag in uns, die Welt war wie entrückt, nichts, das wichtig oder schwierig war. Wiederholte Versprechen, Zukunftspläne, eine Welt tat sich vor uns auf, die in ewiger Verbindung all das Glück versprach, nach dem sich alle Menschen sehnen. Ich kann mich nicht an unsittliche Begierden erinnern, nicht an ungestillte Verlangen oder unbeherrschte Triebe. Alles war natürlich, alles nahm seinen natürlichen Verlauf. So vergingen die Tage und Wochen, so verging das Frühjahr und der Sommer, bis ein Brief ihrer Mutter kam und das Unheil eröffnete, Worte enthielt, die den Schatten des Unglücks heraufbeschworen, ein Vorgefühl der Finsternis auf uns legte."

„Nein, - noch ahnten wir nicht was kommen sollte. Julies Mutter schrieb, der Vater mache Probleme. Sie will die Scheidung. Julies Herz krampfte sich unter dieser Nachricht. Die Vergangenheit holte sie wieder ein, die Ängste, die Sorge um die Mutter. In unserem Glück hatte sie den Despoten fast vergessen, gab es nur die Gegenwart, unsere Zukunft, die für sie zählte. Jetzt kamen wieder die Sorgen, das Grübeln und die Erinnerungen an diese belastende Zeit, an den tyrannischen Vater. Julie wurde immer stiller. Obgleich ich ihr zusprach, sie ermutigte oder sie zu beruhigen versuchte, Julies Verhalten änderte sich.   Selbst Murielle versuchte ihre Sorgen zu vertreiben, nichts konnte sie beruhigen, nichts konnte den Kreislauf der Gedanken unterbrechen, - Julie wurde immer nachdenklicher, immer betrübter. Unser Beistand konnte die entsetzliche Not in ihrem Herzen nicht stillen. Die Telefonate mit ihrer Mutter konnten sie nicht beruhigen, im Gegenteil, Julies Zustand eskalierte. Julie begann schlechter zu schlafen, sie hatte keinen Appetit und keine Freude mehr an unserem Beisammensein, und ihre Sorgen wurden mein Unglück. Wie sich unsere Gefühlslage änderte! Vom Himmelhochjauchzen zu den Gefühlen und Gedanken der Angst, der Sorge und ich gestehe, auch die von Hass. Wie konnte ich ihr Helfen, fragte ich mich? Ich wurde wütend auf den Vater, zornig, aufgebracht. Wie konnte dieser Mann so einen Einfluss auf Julie haben, wie konnten ihre Ängste sie so beherrschen? Mein ganzes Innere wurde von Emotionen hin und her geschüttelt. Die Liebe unseres Lebens, das Glück, das durch diesen Tyrannen bedroht wurde, der wie ein Damoklesschwert über unserer Liebe schwebte und ich am liebsten dieses Schwert genommen hätte und dem Despoten, ja dem Scheusal, dem Übel, meinem Unglücksbringer in den Bauch gerammt und ihn durch …"

Hugo begann zu bellen. Hugo, der sonst so ruhig dagelegen hatte, stützte sich auf die Vorderpfoten, drehte den Kopf und begann zu bellen. Eigentlich gab es wenig, was diesen Hund aus der Ruhe bringen konnte und in meinen Gedanken war ich noch bei Pierre und seinen schrecklichen Prophezeiungen, bis Hugo mich wieder zurück in die Realität holte. Ich entschuldigte mich bei Pierre und meinte, dass Hugo vielleicht nach draußen musste, obwohl mir das gewiss nicht plausibel erschien. Es waren weniger als zwei Stunden vergangen, seit wir das Lokal betreten hatten. Hugo stand auf und drehte sich in Richtung Eingangstür, die sich in diesem Moment öffnete und eine junge Frau schaute durch den Spalt in das Innere des Lokals. Sie hatte ein leichenfahles Gesicht mit großen Augen und lange schwarze Haare, die unter einer bunten Wollmütze hervortraten. Auch ein flauschiger Schal in gleichen Farben umschloss ihren Hals. Der Oberteil eines grau melierten Regenmantels war zu sehen, doch den Rest ihres Körpers hielt sie versteckt hinter der Eingangstür. Ihre dunklen Augen schimmerten in dem Licht, das von den Deckenlampen auf die Eingangstür fiel und schauten forschend, fragend in die Runde, so als würde sie jemanden suchen oder schauen, ob das Lokal für sie ansprechend genug wäre. Nur einen kurzen Augenblick schaute sie zu mir, schaute zu Pierre und hielt dann den Blick etwas länger in Richtung Theke und den Gastwirt gerichtet, worauf sie nach einem nur andeutungsweisen Zunicken die Tür wieder schloss. Ich konnte sie durch das Fenster noch schemenhaft in Richtung Strandpromenade laufen sehen, der Körper war leicht vorgebeugt dem Wind entgegen gestemmt. Ich sah noch die im Straßenlicht weiß schimmernden Hände, die eine Hand, die den Schal fest hielt und ihn über die Schulter schwang und die andere Hand, die den Mantel vor ihrer Brust zusammenraffte und welche dann in der Manteltasche verschwand. Eine Person, so schien mir, die mit resoluten Schritten die Straße überquerte, die wusste, wohin sie wollte, die aber bald im Grau und im Dunkel der Straße und des nur hörbaren Rauschen des Meeres verschwand. Es war ein merkwürdiges Ereignis, ein seltsames Erlebnis, welches in mir ein geheimnisvolles oder gespenstisches Gefühl hinterließ. Jetzt im Winter wird es natürlich früher dunkel und das graue, windige Wetter tat sein Übriges, die Menschen in eine melancholische Stimmung zu versetzen. Der Silvesterabend hatte eine eigenartig düstre, stille und etwas trübe Atmosphäre hier im Ort, der nur von wenigen Familien bewohnt war. Die meisten der Ferienhäuser standen während der Wintermonate leer und hatten geschlossene Jalousien. Im kargen Licht der gelben Straßenlaternen waren die schattenhaften Erger oder mit Schlingpflanzen bewachsenen Vorsprünge, Strommasten und Steinmauern, waren die finsteren Gärten und die menschenleeren Gassen einer Geisterstadt gleich und die wenigen, noch ansässigen Bürger verbrachten den Abend im Kreis der Familie und nur wenige dachten an die Pariser Exilanten, die jetzt in der Großstadt pompösen Feiern und einem Feuerwerk entgegenblickten. Eine junge Frau, wie diese, wäre mir in den letzten Tagen bestimmt aufgefallen. Mit ihren dunkelschwarzen, langen Haaren und der bunten Wollmütze erinnerte sie mich an Charlotte in ihren jungen Jahren. Die Piratenfrau.

Vielleicht kommt sie von einem Geisterschiff, durchfuhr mich scherzhaft ein Gedanke, vielleicht lebt sie auf einem großen Segelschiff, einer englischen Brigg, die hier gespensterhaft im Hafen vor Anker liegt oder sie kommt vom fliegenden Holländer, dem Geisterschiff, das hier vor der Küste aufgetaucht ist und es ist jetzt sie, eine Frau, die den Liebenden sucht, der sie erlösen soll. Verflucht, bis in alle Ewigkeit über die Meere zu segeln, bis die Liebe zu einem Mann sie befreit. Ja, die junge Frau hatte mein Interesse geweckt, hatte meine Fantasie erregt. Ihre Augen, die mir in jenem Moment sogar feurig erschienen, die in ihrem fragenden Blick auch etwas Kluges, Neugieriges verrieten, ein betörender, herausfordernder, ein faustischer Blick vielleicht, und dann das leichte, aber bestimmende Nicken des Kopfes. Was war das? Was war geschehen? In den wenigen Sekunden, die sie durch die Tür blickte, nur durch das fesselnde, anregend attraktive Bild, das sie ausstrahlte, war mir, als hätte eine erotische Erregung meinen Körper erfasst. Mir kam sogar kurzfristig der Gedanke ihr zu folgen und alsbald eine Art Wehmut, ein Verlust, oder die Sehnsucht, mit dieser Frau Bekanntschaft gemacht zu haben. Nur dieser Augenblick, nur dieser kurze Moment und sie hatte mich fasziniert, hatte meine Neugierde geweckt. Und dann war es Pierre, der mich wieder auf den Boden der Tatsachen holte, der seine Geschichte weiter und zu Ende erzählen wollte, mit weniger Empathie als zuvor, wie mir erschien, ja fast nüchtern wie in einem Report begann. Nach dem er wieder einen kräftigen Schluck aus dem Weinglas genommen hatte, schaute er kurz zum Wirt, zu mir und dann zur Tür, die er fixierte und mit etwas Ungeduld im Verhalten seine Geschichte weiter erzählte.

„Es geschah an einem Wochenende, an einem Sonntag." begann Pierre wieder seine Erzählung. „Wir hatten einige angekündete Besuchergruppen, aber nur eine, die auch die professionelle Führung gebucht hatte. Maman hatte sich bereit erklärt die Führung zu übernehmen. Es war ein wunderschöner, sonniger Tag mit sanften Wattewölkchen am blauen Himmel. Ein Tag zum Verlieben, ein Tag für die Liebenden. Wir sollten doch zum Meer fahren oder nach Fécamp und uns unter die Touristen mischen, einfach unsere Seelen baumeln lassen, schlug Maman vor, oder mit dem Roller die Gegend erkunden, einfach mal den Wind zwischen den Haaren wieder spüren. An den schönen Wochenenden war im Garten kein Platz zu finden, an dem man wirklich seine Ruhe haben könnte, an dem man ungestört verweilen konnte. Die neugierigen Besucher drangen bis in die entlegensten Winkel vor, immer nach der Suche auf eine unerwartete, großartige Überraschung. So fuhren Julie und ich mit dem Roller an die Küste, ja gar nicht weit von hier zu den bekannten Kreidefelsen. Für mich war es ein wunderschöner Tag und auch Julie schien sich zwischen den Welten des Wassers und der Steine wohlzufühlen. Wir entdeckten neue, originelle Steine mit außergewöhnlichen Formen und ausgewaschenen Löchern, von welchen ich einige in den Rucksack packte, darunter auch ein Fäustling mit Löchern, in welche man seine Finger stecken konnte, nicht unähnlich einer gekrümmten Bowlingkugel, nur eben kleiner. Wir erforschten die mit Salzwasser gefüllten Krater, die bei Ebbe zurückbleiben und das eine oder andere Meerestier beherbergten. Wir waren so ausgelassen, wie Kinder. Ich hatte das Gefühl auch Julie taute auf, war wieder ihr liebreizendes, spielerische Ich, das Subjekt meines Herzens. Wir wanderten entlang der steilen Küstenfelsen, hoch über dem endlosen Meer, dem blauen Himmel und dem frischen, liebkosenden Wind. Es war wieder diese Liebe in mir, diese Leidenschaft, wie sie nur ein Dichter beschreiben kann, diese reine Liebe, welcher ich alle erdenklichen Opfer erbracht hätte."

„Wir waren wieder glücklich zu Hause in unserem Garten der Liebe und Sinne angekommen, waren noch voll der Liebe, der Zärtlichkeit und der warmen Gefühle, unsere Körper so nah verspürt zu haben, als Julie, kaum dass sie den Helm abgesetzt hatte, wie zu einer Salzsäule erstarrte. Es war ihr Vater, der durch die Tür in den Schuppen trat und sie mit vorwurfsvollen Worten ansprach, nein, anschrie. Sie, seine Tochter, sein Ein und Alles hätte ihn zuerst verlassen und nun war auch seine Frau ausgezogen, ihre Mutter, sie, die Beiden, die sich gegen ihn verschworen hätten, ihn zugrunde richten wollten, sein ganzes Leben, seine ganze Arbeit, seine Aufopferung und Fürsorge für die Familie, alles Kaputt machten und was ihr einfiel, sich so zu verstecken, sich seiner Obhut zu entziehen, sie, sein kleiner Liebling, sein größter Schatz. Dabei trat er auf sie zu, hob seine Arme, gleich der Aufforderung einer Umarmung, welcher Julie aber auswich, sie zurück trat, sich mit erhobenen Händen wehrte, sich flehend abwendete, und in diesem Moment nach hinten stürzte und mit dem Kopf auf die scharfe Kante einer abgestellten Metallwanne fiel . . . ."

„Ich kann nicht sagen, welcher Dämon mich erfasste, welche Wut, welche Emotion meinen Körper übermannte. Es war der Tod der Zeit, der Stillstand der Gedanken. Ich stand an der Werkbank, auf welcher ich gerade unsere Steinsammlung ausgelegt hatte, ich griff zu dem Fäustling, als wäre das alles nötig, als müsste das jetzt sein, als müsste ich Julie beistehen und schlug blindlings mit dem Stein auf seinen Kopf. Ich sah nur . . . ."

„- Entschuldigen Sie Mon Seigneur -, es ist jetzt doch wieder, dass mich, - ich so bestürzt, - so verworren, - so durcheinander in den Gedanken und Gefühlen bin. Ich wollte ihn nicht töten, ich wollte ihn von Julie entfernen, wollte, dass er sie in Ruhe lässt. Ich wollte Julie beschützen, die reglos auf dem Boden lag. Das ganze

Glück des Tages, das ganze Glück meines Lebens, das Glück meiner Liebe war in Gefahr, ich konnte nicht denken. Die ganze Kraft der Liebe, all die Emotionen drehten ihre Richtung in Wut und Hass auf diesen Menschen. Ich war blind, mir wurde schwarz vor Augen. . . „

„Noch jetzt zerreißt es mir das Herz, das was er Julie angetan hatte, das was ich getan hatte, wie von Sinnen, nur von niederen Instinkten gelenkt. Es war alles im Affekt. So sahen es die Richter und ich musste mehrere Jahre in die Haftanstalt."

Pierre schaute auf das leere Weinglas. Ein Moment der Stille. Ein Moment, der mir dann sehr lange erschien, ich nicht wusste, was ich jetzt sagen sollte, ob ich überhaupt etwas sagen sollte, als mit einem Räuspern der Wirt plötzlich neben unserem Tisch auf sich aufmerksam machte. Es wäre jetzt spät genug und auch er wollte nach Hause zu seiner Familie und dass das Lokal jetzt schließen würde. Es war mir ein unangenehmer Augenblick, eine unangenehme Situation, in der wir uns zum Gehen wandten, ich die Rechnung zahlte und wir ohne Worte, mit schuldigen oder peinlich berührten, kurzen Augenkontakten unsere Mäntel nahmen, anzogen und ich mit Hugo voraus das Lokal verließ. Pierre raffte den Parka zusammen, schob die Kapuze über seinen Kopf und lief mit den Worten: „Merci, Merci beaucoup!" in Richtung der Hafenanlage davon.

Ich stand ratlos da. Ich wusste im ersten Moment nicht, wie ich reagieren sollte. Ich schaute die Straße hinunter, in die gleiche Richtung, in der die junge, mysteriöse Schwarzhaarige gegangen war. Pierre war schon zwischen den Schatten der Häuser verschwunden. Ich stand im Lichtkegel des Lokals, spürte den feuchten Wind im Gesicht, in den Haaren und starrte ziellos in Richtung Hafen. Vielleicht war ich auch gedankenlos, leer, ohne Gedanken oder so, als würden zu viele Gedanken gleichzeitig auftauchen wollen und keiner der Gedanken konnte sich in diesem Moment durchsetzen. Verwirrt. Ein Kaleidoskop der Gefühle durchlief mich. Enttäuschung, Ärger, Fassungslosigkeit, aber auch Neugierde, das Verlangen nach Aufklärung. Und ich machte mir Sorgen oder Gedanken über Pierre und seine Situation. Wo ging er hin? Wo schlief er bei diesem Wetter?

Und ich wollte mehr wissen. Wie ging es weiter? Was ist mit Julie? Die Gärtnerei, die Mutter? Was ist mit der Schwester in Fécamp, welches nur einige Kilometer von hier entfernt lag? So viele offene Fragen. Und Pierre? Ich wollte mehr über ihn wissen, er, der mir seine Gefühlswelt offenbart hat, der mir über einen sehr emotionalen Abschnitt seines Lebens berichtet hatte.

Letztendlich legten sich die Grübeleien, wurden meine Gedanken wieder ruhiger. Es war als hätte ein Sturm der Gefühle sich beruhigt und ich nun wieder rationaler denken konnte. Die Fragen, die sich mir stellten, wollte ich mit Charlotte oder ihrer Mutter klären und es drängte mich heimwärts. Letzten Endes überwog auch das Pflichtgefühl und ich kehrte mit Hugo zurück zum Haus meiner Schwiegereltern, zurück zu Charlotte und ihrer Mutter, die beide schon ungeduldig auf uns warteten.

Bald darauf saßen wir zusammen am Tisch und Charlottes Mutter fragte mich über das Treffen in dem Lokal. Also berichtete ich über das merkwürdige Ereignis und die Geschichte von Pierre und das unbefriedigende Ende und die Fragen, die mich bedrängten.

„Pierre Dernière," erwiderte Charlottes Mutter, „ Pierre ist ein besonderer junger Mann, na ja, eigentlich ist er schon ein erwachsener Mann. Irgendwie erscheint er mir und auch vielen anderen, aber sehr jugendlich. Er hat eine unglaubliche Fantasie, lebt oder durchlebt die verschiedensten Gefühlswelten und hatte auch schon psychische Probleme deswegen. Er war schon wegen

Zwangsvorstellungen in Behandlung. Seine Schwester Chloé hat mir davon erzählt. Sie war hier wegen eines Zimmers für Pierre, aber ich konnte doch nicht wegen eurer Pläne zusagen. Es ist unglaublich, bei all den leerstehenden Häusern eine Bleibe zu finden. Er und seine Schwester haben dann schließlich ein kleines Haus am Ende der Strandpromenade gefunden. Eigentlich ganz nett, besonders wegen des Meerblicks."

„Er hatte mir von einer Schwester erzählt die Chloé heißt und in Fécamp bei einem Arzt arbeitet. Hatten sie auch Eltern mit einer Gärtnerei?"

„Pierre erfindet stetig neue Geschichten, und er benutzt oft Namen von existenten Personen. Seine Schwester arbeitet tatsächlich bei einem Arzt in Fécamp, aber eine Gärtnerei hatten die Eltern nicht. Soweit ich weiß, wohnten sie in der Nähe von Paris und die Eltern sind bei einem tragischen Unfall ums Leben gekommen, als er noch sehr jung war und es kann sein, dass daher seine Psychose kommt. Chloé hatte ihm ein Praktikum in einem Schaugarten in der Nähe von Bordeaux vermittelt. Sie hatte gehofft, dass er vielleicht eine Ausbildung in diese Richtung machen könnte. Ich glaube er hat Verwandtschaft in der Nähe von Bordeaux, die etwas mit Landschaftsgärten oder so zu tun haben. Chloé sagte, sie komme aus dem Süden von Frankreich."

„Wie sieht Chloé aus? Ist sie eine schwarzhaarige Frau?" frage ich und beschrieb soweit ich konnte die Gestalt an der Tür im Bistro.

„Das war bestimmt Chloé. Sie macht sich Sorgen um ihren Bruder und kennt schon die Orte, wo er sich öfters aufzuhalten pflegt. Vorher lebte er in einer größeren Stadt im Süden der Normandie, ich weiß jetzt gar nicht wo? . . Oder war es Caen? - Aber dort nahmen seine Exzesse überhand und seine Schwester hatte entschieden, dass es für ihn besser wäre, wenn er in ein dörflicheres Milieu umziehen würde und hat kurzerhand hier ein Unterkunft für beide gefunden, wo sie beide wohnen konnten, und jetzt kümmert sie sich um ihn. Der Bezug zur Wirklichkeit geht ihm oft verloren und wahrscheinlich hat das auch mit seinem übermäßigen Alkoholkonsum zu tun. Chloé sagte, dass er manchmal in einer völlig andren Gefühlswelt lebt. Manchmal ist er traurig oder depressiv und dann strahlt er wieder vor Euphorie und erzählt und macht und tut. Realitätsverlust hat er wohl zuweilen, was auch durch ein traumatisierendes Erlebnis kommen kann, und natürlich der Alkohol. Von solchen psychischen Störungen liest man ja nun immer wieder in den Magazinen. Die ganze Gefühlswelt eines Menschen muss da auseinander fallen. Das ist auch immer wieder eines seiner Themen, über die er spricht. Die Gefühle."

„Er ist überzeugt von dem Gedanken, dass die Gefühle die Menschen lenken, dass sie oft nur auf Grund der Gefühle handeln. Eine seiner fixen Ideen ist, dass wir alle nur Marionetten in dieser Welt sind oder hormongesteuerte Kreaturen, welche nicht merken, dass sie von den Gefühlen manipuliert werden. Das wäre alles so angelegt, damit wir uns vermehren, damit wir die Probleme des Lebens meistern können. Welche Geschichte hat er dir erzählt? Die von dem Fischer oder dem Gärtner? Ich hörte auch von einem Lehrer, der an seinen Moralansprüchen gescheitert war, der sein Amt, seinen Beruf und seine Familie verlassen hatte, um mit einer Schauspielerin oder einem Callgirl durch die Welt zu tingeln, je nach dem Gesprächspartner. Er hat schon etliche dieser Geschichten erfunden und besonders, wenn er ein für ihn interessantes Buch gelesen hat, überträgt er die Geschichte in seinen Lebenslauf oder erfindet eine lokale Variante. Bei den Männern kommt er damit recht gut an. Die spendieren ihm gerne ein Glas Wein – oder mehr – und animieren ihn zu immer weiteren Geschichten. Einmal haben sie ihm sogar eingeredet, dass er der Bürgermeister unseres Städtchens ist."

„Jetzt verstehe ich so einige seiner Äußerungen. Er hatte mir von Marlene Dietrich und von Goethes Werther erzählt. Etliche seiner Worte kamen mir schon irgendwie bekannt vor. Aber ich kann nicht glauben, dass er immer wieder neue Geschichten erfindet."

„Oh, da täusch dich mal nicht. Pierre ist sehr belesen, er verschlingt geradezu die Bücher, die ihm über den Weg laufen und er kann sich an viele der Texte wortwörtlich erinnern. Trotz seines Alkoholkonsums. Vielleicht hat er ein photographisches Gedächtnis. Vielleicht ist das auch ein Grund für seine Fantasievorstellungen, seine psychischen Probleme, dass er diese vielen Bilder und Erzählungen nicht vergessen kann, dass er von diesen ganzen Informationen überfordert wird. Aber was soll ich als Laie dazu sagen. Man liest so viel. Und dann war da auch der Unfall seiner Eltern."

„Weißt du wie die Eltern ums Leben gekommen sind?"

„Nein, ich weiß nur, dass es kein Autounfall war."

„Er hat mir erzählt, dass sein Vater an einem Herzinfarkt starb, in einer sehr peinlichen Situation?"

„Davon weiß ich nichts."

„Und er war im Gefängnis, wegen Totschlags an dem Vater seiner Geliebten?"

„Wolfgang, ich glaube du solltest diese Geschichte aufschreiben. Vielleicht kommen in der Zukunft noch weitere Geschichten dazu, oder du kannst feststellen wie die Geschichten variieren. Wenn ihr erst einmal hier wohnt, wirst du Pierre wahrscheinlich noch öfter treffen. Ich freu mich schon so, Lotte, wenn du und Wolfgang, wenn ihr hier bei mir wohnt. Ich fühle mich jetzt schon richtig glücklich."

Da war es wieder, dachte ich, das Glück, das Gefühl von Glück. Wie wir Menschen doch von Gefühlen beherrscht werden, wie sie unser Gemüt bestimmen. Wie wir doch einander bedürfen, wie die Gefühle unsere sozialen Kontakte beeinflussen, unser menschliches Zusammensein gestalten und wie die Gefühle dieses Zusammensein lenken. Die Liebe der Mutter zu ihrem Kind, eine Zuneigung, welche auch im hohen Alter noch spürbar ist und uns oft bewusster wird, die vielleicht auf Gegenseitigkeit beruht, wenn die Menschen gereift sind. Meine Liebe zu Lotte, eine Liebe, die unsere Verbundenheit beteuert und immer wieder erneuert, die ich noch immer spüre und ich dankbar bin, sie erleben zu dürfen. So wie diese Liebe mir die Kraft gegeben hat mit Lotte ein gemeinsames Leben zu beginnen, ist dieses Gefühl noch Quelle unseres Vertrauens, welches in unserem Leben manchmal auf die Probe gestellt wurde, aber Dank der Liebe immer obsiegte.

Und ich dachte auch an Pierre an diesem Silvesterabend, der Julie, seine große Liebe verloren hatte, wenn es sie denn gab. Der seine Geliebte verloren hatte, der den Sinn seines Lebens verloren hatte, der nicht mehr die Liebe, Freude und Wärme spüren durfte, der nicht mehr diese vollkommen belebente Kraft empfinden konnte, mit welcher er im Garten der Liebe und der Sinne, mit welcher er im Garten der Gefühle neue Welten um sich schuf.

Und doch – waren es nicht seine Gedanken an Julie, war es nicht seine Fantasie und die Erinnerungen an Julie, die ihm diese Gefühle zurückbrachten? Oder war es seine Fantasie, die aus den Gefühlen gespeist wurde? Sind es die Gedanken, die die Gefühle wecken oder sind es die Gefühle, die die Gedanken erzeugen? Die wundersame Welt der Gefühle. Sie beeinflussen unsere Handlungen und Gedanken, sie entscheiden über Wohl und Wehe und bestimmen unser Schicksal.

Und auch daran musste ich denken, an das was Pierre gesagt hatte, dass alle Gefühle, alle Emotionen im Regelwerk der Natur verankert sind, dass sie den Gesetzen der Evolution gefolgt sind, dass sie nur die chemisch, physikalischen Werkzeuge der Natur sind, um das Leben zu erhalten und zu verwalten. Und dennoch, wäre auch alles Leben nur Chemie, die Funktion der Sinne, die Antriebe, die Instinkte und all die Stoffe, die das Leben lebendig machten, das Zusammenspiel der Biomoleküle, es wären dennoch wir.

Es ist doch gewiss, dass die Liebe nichts notwendiger macht als den Menschen.

Weitere Bücher von Ernst Ludwig Becker im Buchhandel erhältlich:

Wider die menschliche Vernunft

Der Mensch ist ein vernunftbegabtes Wesen. Warum lebt er nicht vernünftig? Warum schädigt er sich und fügt Schaden an seinen Mitmenschen an und bringt sogar das ganze globale Ökosystem in Gefahr?

Sebastian Waindinger, ein pensionierter Biologielehrer aus Frankfurt, ein politisch engagierter Mensch, macht sich seine Gedanken darüber. Er sieht das biologische Gleichgewicht unseres Planeten in Schieflage, durch die Art wie die Menschen wirtschaften, wie sie die Ressourcen verschwenden und dass sie naturwidrig lange Leben und sich maßlos vermehren.

Das Leben von Sebastian Waindinger ist nicht ungewöhnlich, aber es ist bemerkenswert. Lesen sie seine Geschichte.

Papperlapapp

Geschichten, Gedichte, Sprüche, Lieder, Bilder

Wenn der Himmel die Erde küsst.

Von Melancholie und Revolution ist die Rede und vom Blauen Planeten.

Vom Meditieren auf fliegenden Teppichen,

biologischen Wundern und dem Wind.

Liebe, Freundschaft und Kinderaugen.

Los Molinos del Rio Aquas

Das Buch handelt von der Geschichte eines Mannes, der seine Frau und Familie verlässt, um im Süden von Spanien, in Los Molinos del Rio Aquas, in einer alternativen Lebensgemeinschaft dem Leben erneut auf die Spur zu kommen. Es geht um Nachhaltigkeit, soziale, wirtschaftliche und politische Themen und um den Erhalt der maurischen Terrassengärten. Es geht um das Leben in dieser Region und um zwischenmenschliche Beziehungen.

Heilige Corona, steh uns bei!

Der Autor beschreibt in seinem neuen Buch seine ganz persönliche Lösung gegen das Corona-Virus: Lachen. Das ist bekanntermaßen nicht nur gesund, sondern kann uns auch bei der Bewältigung der Krankheit helfen. Denn solange es keinen Impfstoff gibt, ist die Stärkung unseres Immunsystems eine der wichtigsten, individuellen Möglichkeiten, der Krankheit die Stirn zu bieten. Und beim Lachen werden rund 300 Muskeln angespannt, allein 17 davon im Gesicht. Lachen führt zu einer schnelleren Atmung, mehr Sauerstoff, mehr Stoffwechsel, mehr Antikörpern und nicht zuletzt zu  mehr Lebensqualität. Gesundheit ist in der Corona Krise das Wichtigste! Das denkt sich auch der Autor und schreibt über seine Erlebnisse während des Shutdowns mit den Blutsverwandten, mit den Freunden und dem Rest der Welt. Lachen ist sogar gesund, wenn er in keiner Krise steckt, stellt er erleichtert fest.

Im Land der unbegrenzten Möglichkeiten -
eine Hommage an die menschliche Vorstellungskraft

Das Gehirn ist ein Wunderwerk der Natur. Die Neugierde und die Fantasie, die Vorstellungskraft, die von diesem Organ ausgehen sind die Grundlage der menschlichen Entwicklungs-geschichte. Werkzeuge und Waffen sind erste Kreationen. Die Landwirtschaftliche Revolution, der technische Fortschritt machen die Welt zum Untertan. Es denkt sich Verhaltensregeln aus und sozialisiert. Es musiziert. Aber das Gehirn schafft auch geistige Welten, Mythen, Märchen, es erklärt Religionen und philosophiert. Und es denkt über sich selbst nach. Versteht das Bewusstsein, dringt ein in das Unbewusste, die Träume und die Erinnerungen und erkennt, dass es mehr als eine Wirklichkeit gibt.

Emily, die Tochter eines Töpfers aus Pennsylvania, konstruiert ihre eigene Wirklichkeit, um den Tod ihres Bruders zu überwinden. Sie lernt viel über die Töpferei, über die Natur und die Naturgesetze, über die Geschichte der Menschen. Aber viel wichtiger ist, dass sie lernt ihre Fantasie zu benutzen, denn nur in ihrer Fantasie wird die Zukunft Wirklichkeit. Nur die Fantasie kann den Tod überwinden.

FSC
www.fsc.org
MIX
Papier | Fördert
gute Waldnutzung
FSC® C083411

Zeitfracht Medien GmbH
Ferdinand-Jühlke-Straße 7
99095 Erfurt, Deutschland
produktsicherheit@kolibri360.de